PIERRE ALCOPA

LA CHAMBRE DU JOUIR

ROMAN

L'auteur n'est pas le mieux placé
pour les corrections. Aussi demande-t-il
au lecteur à l'œil sagace un peu d'indulgence.

© Pierre ALCOPA, 2018

ISBN : 978-2-322-10813-8

Je pense comme une fille enlève sa robe.

Georges Bataille

PROLOGUE

Face à face avec un visage de femme tout constellé d'éphélides. Un visage empreint du masque ensauvagé de la jouissance sexuelle. Le visage-animal *ob-scène* d'avant le commencement du monde. Le visage-effroi de Gorgone à la chevelure blond cuivré serpentine. Quelle fixité dans les yeux lapis-lazuli où se diluait l'indicible éclosion d'une étoile propulsant dans l'espace millénaire sa semence stellaire. Éjaculation féminine, d'un lustre éblouissant.

Face à face avec la coalescence éphémère de deux corps. Deux êtres physiquement distincts et à la jouissance Autre, ne faisaient qu'un : une femme, à fleur du réel, tout en tension, tout en excès d'être, impétueusement prise en levrette bien claquée, et authentiquement questionnable dans sa trivialité. Elle avait tout le bras droit tatoué avec son sang menstruel, un tatouage des temps très anciens et figurant une cosmogonie qui ne nous appartenait plus.

Face à face avec une représentation sexuelle d'une crudité extrême qui nous oblige à s'affranchir des modes de pensées classiques. Car le réel, n'étant pas spéculaire, ne se regarde pas en face. Il n'a pas besoin de nous pour être. Il est hors de notre univers consensuel et symbolique. Tel ce couple paratactique violemment entrelacé par la toute-puissance de l'aliénation sexuelle. Deux forces contraires contre-tendues : un corps bellement passif et un corps farouchement actif qui s'entrechoquaient. Deux énergies hétérogènes au-delà du langage et de l'inconscient : ça jouissait à fond. Rien de plus réel que l'intensité du plaisir tendu de ces deux corps s'abîmant dans la *flambée des sens*.

Face à face avec des mains femelles agrippées dans les plis d'une molle draperie noire houleuse s'écoulant jusqu'au sol de béton cru. De chaque côté du lit à coucher des lampes à figures rouges. Au-dessus de la tête du lit, un crucifix vernissé de sang, auquel répondait le sang menstruel s'égouttant du sexe labouré de la femme. Au sol, parmi des vêtements pêle-mêle, une minijupe en cuir noir à reflets irisés. La baie vitrée, embuée de l'intérieur, parsemée de gouttelettes coquelicot sur l'extérieur, s'ouvrait sur les buildings surplombés de nuages couleur sang coagulé, lumière crépusculaire dont les rayons obliques rampaient sous la minijupe de cuir noir, jusqu'à l'origine flamboyante de l'abîme cosmique, ouverture cornaline auréolée de bouclettes blond cuivré doré, au tréfonds humide desquelles se cachait une minuscule perle clitoridienne toute gorgée de *Jouissance Féminine*, cause motrice et substance de toutes les choses qui meublaient le monde et le cosmos, et devaient, selon la loi tragique d'une nécessité infrangible, y retourner à la fin.

Tandis que le foutre giclait dru à l'intérieur de son corps tout en tension et rebond, de la grande bouche en ovale noir de la femme à la chevelure de serpents s'exhalait un long cri minéral, *mémoire brute*, traversant les siècles, de la jouissance de l'étant. La femme semblait regarder dans le vide l'étant jouissant de partout, puisqu'il est *Jouissance Féminine*.

Le temps, dans cette chambre à la brutalité du clair-obscur et aux murs de béton cru, n'entrait pas. Un lit à coucher en plein emploi, rien d'autre.

LA CHAMBRE DU JOUIR

PREMIÈRE PARTIE
DIAGNOSTIC

1

De la noire ténèbre s'élevait, petit à petit, une boule de feu qui ensanglantait une partie de la voûte céleste encore piquetée, de-ci de-là, d'étoiles – mortes un temps jadis pour beaucoup d'entre elles. En filigrane se dessinaient les fines arborescences noires d'un arbre millénaire. Le gigantesque tronc plongeait ses racines tortueuses dans les profondeurs pulvérulentes de la terre. De longs doigts femelles, très effilés et aux ongles-griffes pleins de terre, venaient glisser doucement le long du tronc humide recouvert de cette terre collante et abrasive de la sylve qui naissait, bellement épaisse et sauvage, sous l'intensité progressive de la lumière émanant de la boule de feu céleste. Un visage féminin des temps très anciens, parsemé d'éphélides, se détachait peu à peu de ce fond végétal. Les yeux lapis-lazuli immenses reflétaient le mouvement perpétuel de toutes les choses qui agençaient le monde et structuraient la conscience de la créature. À quatre pattes, celle-ci fouillait la terre noire et collante à la recherche de petites racines rousses, pour avoir des ailes aux épaules, telles ces particules atomiques qui s'agitaient autour d'elle et en elle. L'exubérante ondulance de ses hanches larges et puissantes, longtemps ballottées par la houle sur les flots du temps, glissait sur l'immobilité apparente des arbres vernissés d'humidité et d'où suintait une malerage ithyphallique. Tout soudain, la Forme prit la créature à revers. La longue chevelure emperlée de terre frappait les arbres. Dans le silence minéral, la créature exprimait une angoisse par une danse de tout le corps. Une expression corporelle graphique. Mouvements pléthoriques. Pénétration en elle d'un enchaînement tragique de la cause et de l'effet. Battement binaire du monde – systole/diastole – dans son ventre.

Blessure ovoïde émergeant d'un corps devenant hanté par son animalité. Les épines des branches lui griffaient la peau. Une impression soudaine d'accomplissement fatal envahissait son esprit. Ne voulant pas succomber à cette *petite mort*, la créature se retourna vivement en poussant un cri qui mordit d'effroi la malerage ithyphallique. Puis la créature s'enfonça dans la sylve, en enroulant son long corps tout écorché et frotté de terre humide d'arbre en arbre. Le feuillage s'épaississait peu à peu, jusqu'à se diluer en un majestueux lavis vert.

2

Sous l'œil brillant qui flambait au zénith, la créature déployait ses ailes rousses. Des profondeurs touffues de son entrejambe s'écoulait librement un *flux instinctif* coquelicot. Une puissante odeur de fleurs fanées s'exhalait autour de la créature qui se caressait. Entre ses longs doigts effilés, gorgés d'écarlate gluante, émergeait une chose, bellement sphérique, de l'étant : apparition fugace d'un petit morceau de chair irisée, île mystérieuse éphémère toute clitoridienne, où les femmes éprouvaient cette jouissance Autre qui était dans le réel, en arrière du symbolique, en arrière du miroir, laissant advenir la figure d'une angoissante certitude : la vérité-factuelle. La créature avait contracté son périnée, pour retenir le jus rouge du temps. Et elle s'envola…

Regard lapis-lazuli surplombant la ville-opulente, où marchait une femme aux fines chevilles, possédant tout son incarnat, avec cette exubérance de la *présence* et de la *vie* qui surgissait du réel de sa petite poitrine. La cambrure des reins accentuée par ses hauts talons fixés comme des clous à ses pieds, elle ondulait sa puissante croupe propitiatoire dans les ruelles d'une forêt d'acier et de verre. Architecture brutaliste de buildings sévères reflétant un monde – une fiction – en cours de maintenance perpétuelle, où la domination patriarcale était de règle en déshumanisant les femmes, les réduisant à un bien économique, à un guichet de vente, à une arme de marketing, à un objet-jouet sexuel, à une cible à battre, à fouetter, à passer à la casserole, à un corps-mutant pour fétichistes, avec des slogans qui ne laissaient pas le choix entre l'innovation et l'obsolescence programmée, la dématérialisation et la vie numérique, la connection ou la déconnection. Des slogans qui attiraient et piégeaient irrémédiablement, tel un piège sexuel pour insectes, mouvement collectif de nivellement radical pour faire disparaître toutes les différences, de les unifier pour que rien ne les distinguât plus les unes des autres, une fusion, une unification du corps social, où la foule somnambule et assignée à résidence via l'interconnection perpétuelle s'acquittait à ce qui la déterminait : actrice – déconnectée des réalités – du consumérisme mortifère. Le génie capitaliste d'après-guerre aura consisté à réorienter la pulsion sexuelle et le droit à la jouissance vers l'insatiable pulsion de mort de consommer l'Empire de la marchandise : vouloir et avoir ce qui était hors de portée et inutile comme principe répétitif du monde, tout en conservant "Liberté", "Égalité", mais en escamotant "Fraternité" au profit de "Mobilité", "Volonté", "Flexibilité", "Compétitivité"… Sous couvert de la loi numérique ("Tout est arrangé par les nombres"), le Cheval de Troie technophile investissait chacun à son insu et lui tissait tout alentour une toile d'illusions, une prison techniciste et panoptique qui pouvait voir tout, savoir tout, acheter tout, protéger partout, et dont il était impossible d'échapper, car *We Love Technology*.

  Autour de la femme aux fines chevilles, tous les hommes – ces citoyens complets dits *les égaux* – étaient en érection sous leur paraître social ultra-policé ("Souriez, vous êtes regardés pour votre sécurité par la Vidéosphère du contrôle social.") Le phallus étant la seule entité autorisée à dominer, il était dans leur nature de ne pas rester en repos. Et toutes les femmes, qui possédaient le don de l'image, qui cultivaient l'idée de la poupée mécanique dans leur corps, qui commandaient le "Encore !", qui avaient intégré leur soumission séculaire jusqu'à la double contrainte du talon aiguille, apparaissaient comme une stratégie de l'excitation, un faire-valoir indivis sophistiqué, avisant ainsi qu'elles appartenaient aux hommes par droit de conquête, c'est-à-dire qu'elles devaient une redevance en nature à leurs maîtres qui considéraient le signifiant *phallus* comme une machine de siège. Ainsi, le corps coupé de la jouissance Autre, les femmes ne faisaient que participer à la jouissance de leurs maîtres en les excitant d'un point de vue phallique, afin qu'ils pussent laisser le foutre gicler dru sur leurs visages offrandes.

Dans cette ville-opulente, où la Procréation Médicalement Assistée avait évacué ce qui restait du réel – le sexe – la femme aux fines chevilles, avec ses fesses ondulantes toutes contre-tendues sous la minijupe de cuir à effets irisés, était une expression sexuelle hantée d'animalité. Ça sentait le *sexe* ! Dans cette ville-opulente, où pratiquement aucune femme ni aucun homme n'était sorti du ventre d'une femme, mais d'une matrice artificielle Corps Zéro Défaut ®, elle affichait sans vergogne qu'elle était née de la fornication. Une équivoque ici *ob-scène*, mais qui avait, dans des temps pas si anciens, maintenu un pont biologique entre la femme et l'homme mis en culture, avec un rapport différent à la sexualité, au sexe et à la jouissance (avant d'être mis en culture, et au-delà du déterminisme génétique, ce qui avait lié la femme et l'homme avaient été la peur et le désir). Sans ce pont biologique qui sentait le *sexe*, point de salut pour la survie de l'espèce. Maintenant, dans sa béatitude technophile, l'espèce mutante devait son salut aux Banques de sang menstruel, d'ovules et de sperme.

Sous la minijupe de cuir qui jouait insolemment avec la lumière efflorescente, les deux hémisphères de chair en tension entraient en *raisonnance* avec les deux lobes du cerveau de la femme aux fines chevilles, cerveau où s'animaient, d'une synapse à l'autre, les ombres filiformes de toutes ces femmes tenues en laisse et évoluant vers leur statut de victime émissaire bellement entravée dans des talons aiguilles en acier de vingt centimètres à figure de crucifix.

Dociles, muettes, totalement identifiées à l'érection et à l'attitude d'adoration, elles appartenaient de fait aux hommes. Dans les replis secrets du cerveau de la femme aux fines chevilles, l'une d'elles, ayant échappé à l'excision physique et psychique, saurait encore comment s'ouvrir au monde tel qu'il est en soi. Elle entraînerait les autres à la révolte. En haut des marches de l'agora retrouvée, avec en arrière-fond la ville-opulente en flammes, elle leur tiendrait à peu près ce discours…

« Des femmes ont vaincu "les égaux" et dépeuplé la ville de tous les mâles ! Ce sont les hommes qui ont contraint les femmes à les suivre contre leur gré, ce qui s'appelle un détournement sexuel, fatalité qui a poursuivi les femmes de siècle en siècle. Les femmes ont honoré les hommes comme des demi-dieux. Les femmes ont vécu dans la honte et l'angoisse d'être femme. Et cette angoisse a rongé le corps féminin. Les hommes ont imposé aux femmes une sexualité phallique mécanique, un érotisme marchant, une industrialisation des rapports, leur interdisant ainsi l'accès à la sexualité féminine et au plaisir. Portant le poids de la sexualité, elles ont vécu dans l'ombre, dans la chambre matrimoniale, dans la caverne du gynécée, entravées dans leur liberté de mouvement, dans leur liberté sexuelle, dans leur liberté de pensée, dans leur liberté de développer une spiritualité et dans leur possibilité ontologique de découvrir leur propre singularité. Les femmes ont dû singer les hommes, apprendre leurs jeux de rôles, nouer des intelligences et des intrigues – jusqu'à se corrompre –, s'impliquer dans leurs narrations bien souvent guerrières. Bref, se nier en tant que femme et corps femelle pour pouvoir entrer dans le monde inhumain masculin, où la sodomie – conséquence avérée de l'empreinte de l'homme sur la physiologie et le comportement du corps de la femme – où la sodomie est à la femme ce que la crucifixion fut au Christ et ce que l'Inquisition fut aux Sorcières. La Croix et le Bûcher nous structurent et conditionnent jusqu'à nos poses sexuelles et nos manières de nous tenir en public, comme en privé.

Maintenant que nous avons arraché nos clous, délié nos chaînes, aucun homme ne saurait nous faire peur, car, du Jardin d'Ève d'où vous êtes toutes venues, ce n'est pas la multitude des hommes qui commande au petit nombre des femmes ; c'est au contraire les femmes qui imposent <u>leurs règles</u> à la masse des hommes, et elles ne doivent cette autorité à rien d'autre qu'à la supériorité procréatrice et jouissive de leur corps. Nous n'avons pas été créées à partir de l'homme. Nous n'avons pas été créées pour l'homme. Nous sommes des créatures à part entière, avec un corps, une sexualité et une conscience propres. Nous sommes animaux pulsionnels et indomptables. N'étant pas des Bombes Sexuelles, nous n'exploserons pas de plaisir ; mais éprouverons des orgasmes à en faire pâlir de jalousie tous les mâles de la planète – parce qu'il n'y a pas d'orgasme masculin, mais éjaculation ! Et sur ces ruines du patriarcat nous allons bâtir un monde au-delà du bien et du mal, sous le soleil de la vérité, dans la lumière crue de la pulsion, de l'innocence, de l'angoisse, du désir et de l'effroi, de la violence et de la jouissance, de l'altérité et de la vie la mort… Mutines, amazones, putes, hardeuses, regardez, regardez : en cette nuit rouge de notre sang vient de naître La Planète Des Femmes ! »

Mais pour l'instant, dans son ondulante vitalité, la croupe, bellement rebondie sous la minijupe de cuir à effets irisés, se renfrognait en exprimant impétueusement qu'elle était l'oracle des hommes : « Je suis la loi ! Catharsis sexuelle ! Temps de l'horloge ! Puissance de vie ! Sphère de l'enveloppe du monde ! » balançait-elle. Et les sirènes policières semblaient répondre du tac au tac : « Cette fille pourvue d'un méchant cul, faisait-elle partie de ces femmes qui taillaient des pipes baveuses sur mesure en tenant le sexe comme une "Caméra Pistol Hand Grip" ?, faisant ainsi de la scène qui grinçait telle une sirène d'alarme, un miroir Nous réfléchissant sur lequel giclait la lactescence d'un holocauste, comme une promesse de procréation asexuée. Et cet homme en déshérence, faisait-il partie de ces hommes qui sodomisaient une femme en se tenant le sexe comme une "Caméra Pistol Hand Grip" ?, faisant ainsi de la scène qui grinçait telle une sirène d'alarme, un miroir sans tain résonnant avec le fond culturel qui avait forgé un imaginaire commun : le sexe anal. » Duel séculaire sous l'orbe solaire, œil de flammes qui suivait sur son char la course de la femme aux fines chevilles à travers la ville-opulente. Par l'échancrure de sa chemise de soie blanche, sa petite poitrine faisait signe à l'œil sagace d'une putain métaphysique, fille solitaire déhanchée sous la marquise d'un cinéma, où s'étalait l'affiche panoramique de *La Conquête De L'Ouest*. Elle regardait la femme en minijupe de cuir à effets irisés prendre un chemin de vie, vers la déshérence qui hantait la vie d'un homme.

3

La femme aux fines chevilles sortait du Métropolitain, où une affiche aux relents passéistes l'avait interpellée : sur un fond noir, un rat passait sous le tourniquet d'accès aux quais. Au-dessus, on pouvait lire en grandes lettres blanches, police administrative : FRAUDEUR. En toute circonstance il fallait savoir déshumaniser sa cible afin de pouvoir l'atteindre sans états d'âme, l'œil froid et perçant comme celui d'une caméra de surveillance, déesse séculaire de la protection murmurant d'une voix fantôme : « Je suis partout. »

Une femme au faciès bronzé à la lampe au radium marchait sur le trottoir. « Il n'est pas bien de santé » disait-elle tristement dans son itéléphone. Sa robe lavis vert était déboutonnée jusqu'au milieu du dos. Un tourbillon de vent souleva la robe, dévoilant des fesses post-pubescentes comprimées dans une petite culotte camouflage militaire. Une offrande du sillon anatomique plus ou moins profond pour le dieu de la guerre, omniprésent sur les écrans et dans les corps des femmes marchant au son martelé qui s'élevait de toutes parts de leurs talons aiguilles cruciformes. Il ne s'agissait pas là d'une coquetterie, mais de régler inconsciemment la cadence sur celle qu'incarnaient les écrans géants où, à l'insu de tous, le futur envahissait plus que jamais le présent en une promesse subliminale d'une évolution érotique en lettres blanches schizophrènes se divisant sur fond noir très dense : ANUS THE OTHER VAGINA. Mais toutes ces femmes au regard sépulcral, le torse au petit ventre rebondi moulé dans des tee-shirts aux motifs gothiques, les longues mains ornées de bagues à tête de mort et les bras de tatouages très élaborés, toutes ces femmes montées les unes contre les autres par écrans interposés, se rendaient-elles compte qu'elles formaient à elles seules la plus grande armée jamais créée au monde ? Leur arme : la révolte, celle qui avait à voir avec la convulsion et la nature animale naturante ; avec le courage de faire table rase de l'Histoire, c'est-à-dire désarmer le monde.

  La femme aux fines chevilles regardait vers un homme assis à la terrasse d'un bar : le *Star's End*. Elle remarqua ses fines lèvres, qui lui donnaient une bouche torturée ; la patte velue de la bête, devenant la main Homo sapiens tenant un verre d'alcool dur ; et ses yeux noirs, révélant une rechute de mélancolie – le suicide pouvait-il briser la chaîne d'une tradition familiale : la transmission, génération après génération, de comportements psychotiques ? Sans hésiter (elle voyait bien qu'il était né, comme elle, du ventre d'une femme féconde ayant été engrossée dans un lit à coucher, taillé à même un arbre millénaire encore profondément enraciné dans la terre sauvage) la femme aux fines chevilles décida d'aller s'asseoir auprès de cet homme, lequel se livrait depuis des heures à son occupation favorite : regarder les filles qui marchaient dans la rue (pour lui, les hommes étaient totalement invisibles). C'était à chaque fois le même étonnement : d'où ces femmes venaient-elles ? Et à chaque fois elles lui semblaient être animées d'un mouvement de fuite irrépressible. En les fixant du regard, il prenait conscience de leur existence singulière. Il arrivait même à les deviner. À investir leur conscience de soi. À ressentir leur substance. À saisir l'ineffable de leur intimité. À voir avec leurs yeux. À leur arracher – parfois – un petit sourire. Puis, inévitablement, elles quittaient son champ de vision. En les perdant de vue, elles perdaient peu à peu l'être. Elles n'existaient plus. Elles se néantisaient dans les entrelacs obscurs de la mémoire. Perdues à jamais. C'est dans ce *perdues à jamais* que se réinvente ce roman.

De ce mouvement de fuite s'était détachée la femme aux fines chevilles. Elle marchait à contre-courant. Elle s'avançait vers lui. Elle venait s'asseoir auprès de lui. Tout entière, elle était remplie d'être. Il n'avait jamais vu une fille aussi grande. Ni une croupe aussi puissante et en laquelle prédominait le subtil. Ils se regardaient sans rien dire : au commencement était le silence. Ce qui contrastait d'avec l'allure soignée de cette femme (chemise de soie blanche parfaitement lissée ; minijupe de cuir de marque parfaitement coupée ; escarpins "Crucifix" de rigueur tout rutilants), c'était la crasse sous les ongles, noire comme de la terre… Et cette odeur animale de sueur fraîche, puis l'entr'aperçu sur l'arabesque sensuelle des fesses de cuir avaient éveillé en l'homme les noires douleurs du désir, lequel le traversait de part en part comme la longue épingle à cheveux traversait les boucles rouge sang entrelacées sur la tête de la femme, en train de lisser ses fesses de cuir du plat de ses longues mains avant de s'asseoir. L'homme se disait que s'il existait un lieu de cette douleur, ce méchant cul était le quelque part de ce lieu, car cette douleur aporétique ne lui appartenait pas. D'ailleurs, dans les profondeurs psychologiques d'un temps jadis, pour lutter contre la séduction féminine si dévorante, si inquiétante, si menaçante et si pétrifiante, grâce au masque de la jouissance phallique qui le rendit invisible, l'homme parvint à décapiter la femme. Derrière eux assis côte à côte – lui, tout en se grattant au niveau du cervelet, faisait signe au serveur d'apporter un autre verre d'alcool dur –, en surplomb, un chœur de quinze femmes enceintes et torse nu dansait sur une musique violente et atonale. Elles portaient toutes le même legging cuir stretch noir et le même masque Jocaste. Les longues mains effilées posées sur leur ventre rond, elles ondulaient des hanches très lentement. Leurs lourdes poitrines se balançaient en écho avec la mémoire du ressac toujours recommencé de ce mouvement mâle du coït. Les

seins étaient du feu, feu qui devenait de l'air, air qui devenait de l'eau, eau qui devenait de la terre. Ça giclait de vie ! Des gouttelettes gris perle de sueur s'échappaient à tire-d'aile tout autour d'elles, qui prenaient la vie à la vie en laissant leurs corps se faire ceindre par le mouvement azimuté de ces lucioles de lumière crue. Un voile luminescent vaporeux les enveloppait – ce qui les rendait invisibles et leur donnait un point de vue distancié, indifférent et froid sur ce théâtre d'ombres où les humains se dissolvaient comme réalité et s'incarnaient comme leurre. Derrière le chœur se tramait l'image géante du champignon atomique Trinity d'Alamogordo, rhétorique technophile de la figure du Christ : être asservi par la Puissance. Peu à peu, le chœur se diluait dans la lumière crue en imitant les cris et les halètements du chien et de la chienne que la femme et l'homme observaient d'un œil sagace. Le chien montait la chienne. Il donnait des coups de reins abrupts, tout en regardant autour de lui avec inquiétude. La chienne encaissait, stoïque. Tout soudain, elle se dégagea et se retourna vers le chien en aboyant, approchant de lui les crocs pour mordre. Le chien s'enfuit en piaulant. S'inclinant devant les mystères du réel, la femme et l'homme brisèrent ce silence parlant. La femme avait une voix cuivrée et chaude, avec une diction un peu gouape, un peu vulgaire, trahissant son origine sociale, populaire quoi ! Et voici, à peu près, ce qu'ils disaient.
— Vous venez de loin ? demanda la femme.
— De nulle part, répondit l'homme en guignant le visage blanc tout constellé d'éphélides.
— Nous venons tous de nulle part. L'ancêtre de l'ADN a probablement une ascendance stellaire.
— C'est-à-dire ?
— C'est entre les étoiles que se sont formées les briques élémentaires de la vie : les molécules organiques complexes. Celles-ci pullulent dans l'univers.

— Pourtant, c'est un milieu hostile. Il y fait un froid terrible, et c'est plein de rayons cosmiques dangereux…
— Imaginez-vous dans le vaste nuage moléculaire d'avant le Soleil… Il contenait quelques centaines de molécules par cm³…
— Mais comment ces molécules sont-elles arrivées dans ce nuage moléculaire qui a donné naissance au Soleil ?
— Toujours les étoiles… Ce sont elles qui synthétisent au cours de leur existence (plusieurs milliards d'années) ces molécules. En mourant, elles expulsent dans l'espace ces éléments…
— Et sur Terre, c'est quoi la vie ?
— Un mélange chimique, modelé par l'action de l'eau, il y a plusieurs milliards d'années.
— Nous sommes loin des doigts de Dieu, d'un Principe créateur, de l'Un, du Créationnisme biblique, du paradis perdu d'Adam et Ève…
— Et de Lilith… Je vous propose d'essayer de démêler le vrai de la légende, car les mots, comme les images, tissent un voile d'illusions sur les choses. C'est du bruit derrière lequel se cache le réel.
— Je ne suis pas très en *forme* vous savez…
— *Pas très en forme* ? Je m'en fous complètement : ça sera sans le soutien de la parole, de la narration, ou d'une histoire, ou d'une fiction bien ficelée… L'action dramatique et la psychologie des personnages – c'est-à-dire Nous Deux – devront être <u>totalement absentes</u> et AB-SO-LU-MENT !
— Je vais devoir puiser dans mes réserves, comme les arbres millénaires.

Elle détacha sa chevelure rouge sang, nouée en chignon avec une longue épingle à cheveux en travers, l'embout sphérique de nacre timbré d'une minuscule tête de Gorgone.

L'homme paya l'addition.

— Merci ! dit-elle
— Ô ce n'est que de la monnaie, laquelle est une psychose maniaco-dépressive.
— Vous êtes puéril… mais vous paraissez sensible au beau.
    Deux tables plus loin, une jeune femme en robe sculptante bleu azur semée d'entrelacs pourpres et jaune d'or, s'écriait à son amie qui regardait ailleurs :
— Merde ! Je sais ce que j'ai oublié de mettre : mon collier ! Je me sens nue…

4

Ils marchaient sur l'esplanade Nullarbor. Comme tout bon faucon sentimental qui se respecte, il en profita pour regarder de biais le méchant cul parfaitement coupé et galbé par la minijupe de cuir. Il était même certain que cette fille ne portait pas de culotte – il devinait dans les replis irisés la promesse d'un sillon anatomique plus ou moins profond. Elle avait fière allure tellurienne et ses cernes autour de ses grands yeux lapis-lazuli le troublaient, telle une impression de déjà-vu. Lui, malgré son costume-cravatte noir de sous-chef cauteleux du Privé, avait la silhouette filiforme dégingandée en congruence avec son choix de ne plus être englué dans le mouvement collectif à direction unique. Sortir du chemin balisé avait son prix : être un invisible.

— Pourquoi êtes-vous si fin ? lui demanda-t-elle. On dirait que vous faites tout pour ne pas y arriver.

— Ne pas y arriver ?

— Échapper au social. Être invisible…

— Un acte de sagesse préventive, peut-être…

— Une façon d'être… plus proche des femmes, non ? Nous sommes aussi des invisibles. Nous appartenons au *genre brûlé*.

— Moi, à la *génération Ulysse* : je suis un enfant de la haine.

— Ne vous dérobez pas… Je vois bien que vous portez une chemise et un parfum de femme. D'ailleurs, avez-vous remarqué, en boutonnant votre chemise, que la boutonnière était inversée par rapport à celle des hommes ?

— Oui, c'est vrai.

— C'est pour permettre aux hommes, généralement droitiers, de nous déshabiller facilement. Cela fait de nous des gauchères malhabiles et lentes à s'habiller. C'est la même

chose pour le pantalon : la fermeture Éclair est placée de façon à pouvoir se faire déculotter en deux temps trois mouvements, par un droitier.
— L'inverse n'est-il pas vrai ?
— Oui, si la femme est gauchère, mon cher…
— Tom… Tom Chôra !
— Enchantée Tom. Moi, c'est Marie, Marie de Magdala…
— Please to meet you Marie.
— Mais mon vrai nom est Chrysis…

Au loin apparaissait un missile dressé sur la chaussée. Une fusée et un drone militaires marquaient la sortie de l'esplanade Nullarbor. Ils s'engageaient sur Milky Way, dans le jeu infini des tours-miroir, obsession du blanc et du gris acier qui agressait l'œil, comme une flèche de lumière ardente qui sentait l'atome. Ces tours, qui jaillissaient du sol en béton armé, avaient l'arrogance d'une immaculée conception qui vous clouait au pied du temps. Il était difficile de les soutenir du regard, d'y voir au travers, d'y deviner leurs secrets de construction. Telles des Titanides, elles s'imposaient d'elles-mêmes. Le monde leur appartenait et elles le recréaient à l'identique et à l'infini en se reflétant ses parties de façade de verre en façade de verre, contaminant l'espace et les corps d'un même principe spéculaire autophage. En voyant entre deux tours, qui leur faisaient face, s'élever au loin une Dame de fer, Chrysis éclata de rire.
— On dirait une bite ! Vous devez avoir de sérieuses angoisses par rapport à la mort et au sexe pour bâtir des choses aussi monumentales, vous les mecs…
— C'est peut-être l'expression d'impuissances masculines : ne pouvoir enfanter, ni connaître l'orgasme.
— C'est donc de la haine, alors…
— Disons un compromis entre haine et jalousie.

— Un compromis, comme la conquête de l'Ouest ? Et quelle misère sexuelle qui défile là, sur vos écrans hypnotiques ! Créons-nous un besoin et faisons-nous plaisir en nous le payant. Une ruse du Capitalisme qui use de la rétention sexuelle pour nourrir soit le commerce, soit la guerre. Le Capitalisme a soif de corps. C'est Lui qui fait cracher tout le monde, pas le cul. C'est notre force libidinale, tout ce qu'on ne peut pas foutre, tout ce qu'on ne peut pas baiser, que nous Lui vendons. On sublime notre échec d'existant en s'abîmant dans la consommation. Aliénation, sur fond de chants de haine et de vengeance, qui nous éloigne irrémédiablement de l'essentiel en transformant notre sexualité en un petit exutoire hygiénique du soir et/ou du matin ; en un défouloir, un passage obligé, une formalité, un compromis social pour garder la forme, sinon celle du Produit National Brut. Si on se défoulait sexuellement, on ne consommerait que de la chair crue. Vous n'avez pas envie de devenir omophage, avec moi ?... Vous avez l'air pensif Tom...
— Je me demandais si c'était un *compromis* que la naissance d'une nation sur un génocide ?
— Eum ?
— Vous avez dit : « Conquête de l'Ouest »...
— J'aurais pu aussi vous dire qu'il est difficile d'être femme dans un pays qui n'a pas ratifié dans sa constitution l'égalité des sexes !

Côte à côte sur une marche d'acier d'un escalier mécanique, ils s'enfoncèrent sous l'esplanade gigantesque tout en béton armé. Coursives, fenêtres-miroir, passerelles, marches, mains courantes se dissolvaient peu à peu dans l'obscurité d'une rude couleur de nuit artificielle. Le froid artificiel les saisissait. Ils traversèrent une enfilade de couloirs aux sonorités artificielles discordantes, jetant à droite et à gauche un regard traqué sur des affiches lumineuses, où des jeunes filles artificielles étiques, attachées à des marques et promettant d'augmenter la hauteur des talons-crucifix, faisaient de la pornographie – rôle victimaire né d'une soumission séculaire –, mais sans tomber dans la pornographie dite outrancière – l'Office de la Privatisation, ayant la main sur la nudité et la représentation de la sexualité, couvrait d'un bandeau-rectangle-blanc les seins et l'entrecuisse des mannequins, mais jamais la croupe ultra compacte, cible à dopamine, mais aussi tête de gondole pour les produits phares de la cosmétique Occidium Recta ®, pansements hydratants qui consolidaient l'ancrage des piliers de collagène afin de rétablir les fondations d'une peau jeune. Au-delà de leur image glacée, ces jeunes femmes de vinyle pur transmettaient un message codé, et ce malgré elles. À leur insu, elles s'avouaient fatalement coupables d'être femme nageant dans le bonheur, cet océan de testostérone. Chrysis commentait d'un ton narquois…

— Quand on voit ces images qui veulent faire croire que le bonheur ressemble à cela… Un bonheur d'où est exclu à jamais le réel, c'est-à-dire l'altérité, l'angoisse, les corps durs, la nudité abîmée… Y manque plus, en arrière-fond de ces couples asexués et marqués au coin du bonheur bourgeois, qu'une petite centrale nucléaire pour leur dire que le Capitalisme prend soin aussi de leur énergie…

Ils marchèrent jusqu'à la porte d'un ascenseur qui allait les mener au sommet de la Tour, avec vue panoramique sur la ville-opulente. Chrysis repensait à ces créatures déliées, à l'éclatement de ces corps et de ces faces de chienne sous la matrice des écrans tactiles, héroïnes aux milles souffrances, aux milles épreuves. Une *Odysseus* à elles seules, dans tous les siècles des siècles.

Ils avançaient dans un immense corridor. Tom observait Chrysis – qui lui paraissait marcher comme si elle était sous l'eau. La longue chevelure rouge sang, lourde d'animalité, se balançait sous la houle muette des hanches, mouvement envoûtant ralenti à l'extrême. Len-te-ment, Chrysis se tournait vers Tom, lui ouvrant une porte noire... En en franchissant le seuil, il la regardait... Elle avait le visage d'un être irréductiblement libre... Terriblement lucide et sans illusions... Une réalité sauvage d'une attendrissante obscénité luisait dans ses grands yeux lapis-lazuli... Le front bas, Chrysis se retourna pour regarder le corridor au fond duquel les portes d'acier de l'ascenseur s'ouvraient doucement, libérant une masse torrentueuse de sang menstruel remontant des profondeurs de la mémoire de la Terre, sang des femmes venant recouvrir, peu à peu, le palimpseste d'un crâne humain féminin ayant subi l'avulsion et devenant Amérindienne, Sorcière, Juive, femme-objet, femme-docile, femme-douce, pute, hardeuse... jusqu'au beau visage effaré de Chrysis.

Elle entrait à son tour... En poussant la porte devant elle, elle accrochait à la poignée une pancarte, qu'elle avait retirée de son petit sac rebrodé d'or... Elle refermait doucement la porte noire sur Nous... Sur la pancarte, on pouvait lire de son écriture déliée tracée à l'encre rouge sang : *Que nul ignorant la nostalgie n'entre ici.*

DEUXIÈME PARTIE
DIFFÉREND FRONTAL

1

Personne n'était sans savoir que c'était leur *nature sauvage* qui les avait amenés jusqu'à cet obscur objet qu'était cette chambre à coucher glaciale. Peut-être que le béton cru des murs, du sol et du plafond, ainsi que la grande baie vitrée y étaient pour quelque chose par rapport à cette très basse température. Chrysis était adossée contre la porte noire. Elle regardait Tom qui lui tournait le dos, face au lit à coucher recouvert d'un drap noir. Une légère vapeur émise par leur respiration nuageait devant chaque bouche. À leur gauche, une porte vitrée s'ouvrait sur un cabinet de toilette. Le pommeau de la douche gouttait. Sur leur droite, comme un tableau de gratte-ciel sous les yeux, la baie offrait un spectacle grandiose de la ville-opulente vue de très haut : déploiement de force, d'arrogance et d'abondance. Chrysis s'approchait de Tom. Elle semblait préoccupée. Aussi prit-elle la parole.
— Nous sommes montés jusqu'à cette chambre à coucher dans l'intention de sauter par-dessus le néant, n'est-ce pas ? Mais j'ai oublié de vous dire que j'avais mes *règles*.
— Cela ne me dérange pas...
Alors elle posa sa tête sur l'épaule de Tom. Elle souriait doucement : elle était avec l'homme qu'elle attendait depuis la nuit des Temps. Tom enfonçait délicatement les doigts de sa main droite dans la chevelure rouge sang, glissant une mèche derrière l'oreille gauche. Il remarqua sur le lobe un minuscule tatouage noir. C'était le signe de Lilith – mais il ne le savait pas encore.
— Ne comptez pas mes taches de rousseur, vous n'en verriez pas la fin : elles sont d'un nombre infini. Elles couvrent tout mon corps... Partout... Comme une cartographie... Vous

savez ce que vous faites avec moi au moins ? Nous sommes ici au cœur d'une utopie. Normalement, il suffit de marcher dans la rue – en ayant bien à l'esprit ce désir utopique de *sexe* –, et de voir les regards indifférents, accaparés, arrogants, défiants, pour réaliser douloureusement et avec discernement que cette utopie ne peut pas se réaliser dans l'état présent des choses. C'est comme une aporie.

— Pourtant, vous êtes venue...

— Oui... Parce que je crois que vous avez produit un diagnostic sur votre *situation*, et que vous êtes prêt à vous en déprendre par le sexe, comme une mise en acte de transformation radicale. Et je crois aussi que vous, vous n'aurez pas peur de baiser toutes les femmes à travers moi. Toutes... Je vous donnerai *tout*... Vous me donnerez *rien*... Le Rien... Le Tout... C'est la même chose... C'est faire l'épreuve du réel... Et je pense que le seul moyen de connaître le réel, c'est le sexe...

— Le réel est-il vraiment connaissable ?

— Oui !

— Oui ?

— Oui, je dis oui ! Par le sexe, oui !

— C'est étrange... Il y a un petit quelque chose de canaille dans le timbre de votre voix.

— La rue, quoi !

— Et vous parlez comme un livre... comme...

— Ce sont les livres qui m'ont sauvée lorsque j'étais en taule...

— ... vous parlez comme un livre pornographique, certes bien écrit... Une pensée sauvage.

— La pornographie, c'est du modèle vivant qui donne à voir le hors-cadre outrancier d'où notre *situation* humaine vient. Je me souviens, un temps jadis, d'un cinéma qui s'appelait le 7ième Art, et où l'on projetait ce type d'actions et de sensations brutes. Une invitation à mettre à nu l'absurdité de la condition humaine en entrant dans la convulsion elle-même. Peut-être un aveu suggérant que la brutalité de ces images fossiles – échappant à la raison et peut-être même à la narration – avait vraiment existé quelque part ; alors que l'image fossile de la fiction, voire du documentaire, n'était que la conséquence mensongère d'une occasion manquée avec le réel. Mais aucune caméra, aucun texte ne pourra rendre avec la même acuité que nos yeux de chair grands ouverts la crudité extrême du monde. Quand nous en aurons terminé sur le lit à coucher, il y aura un lent travelling arrière partant de nos sexes imprimés de ce mouvement incessant à vouloir étreindre l'autre, le mêler à son être. À la tête du lit on découvrira un grand miroir, lequel reflétera la scène pornographique, la caméra en acier érodé et, à l'autre bout du rail rouillé, le public aveugle, exilé dans la nuit culturelle ; mais ravi d'avoir participé à ce test clinique, qui n'est rien d'autre que la recherche de l'étant premier, lequel est *Jouissance Féminine* absolue. L'étant jouit. En attendant, il faut que *ça* baise, et même pire.

Tom releva son regard vers le crucifix placé au mur, au-dessus de la tête du lit à coucher. Chrysis se dégagea doucement du corps de Tom pour aller dans le cabinet de toilette, où elle accrocha au portemanteau en acier chromé son petit sac rebrodé d'or. Elle se regarda un bref instant dans le miroir : front têtu ; nez busqué harmonieux ; regard aigu ; chevelure mutine ; bouche gourmande prête à discerner non ce qui est, mais ce qui devient… Fière de sa splendeur animale, elle retourna dans la chambre à coucher, auprès de Tom, qui s'était rapproché de la tête du lit afin de mieux voir le crucifix verni de sang séché. Les lampes à figures rouges, vissées dans le mur de béton de chaque côté du lit, accentuaient les traits et les couleurs du Calvaire sculpté à la main de façon très réaliste et sans fioritures. Le ciselé et la posture du corps donnaient au Christ une allure féminine.

— On dirait une femme, dit Tom.
— Le Christ est né de la femme, et non de l'homme et une femme.
— C'est peut-être la raison pour laquelle il a été crucifié. D'ailleurs, dans la ville-opulente, l'attribut ou le label discriminatoire de la femme, n'est-ce pas *ça* ? (D'un index assuré il lui pointait ses Escarpins "Décolleté" en verni noir, aux semelles rouges crottées de boue et dont chaque aiguille de vingt centimètres était ornée d'une croix sur laquelle était crucifié un corps dur et abîmé, tout ruisselant de sang et vermoulu par la crasse.)
— Oui… la femme (qu'elle s'appelle Antigone, Jocaste ou Marilyn) est crucifiée les bras étendus sur la traverse, un clou dans la paume de chaque main, ce qui provoque craquements d'os et jets de sang. Ensuite, un des trois cruci-sacrificateurs place un pied par-dessus l'autre sur le repose-pied en bois, et il les cloue, tous les deux, à l'aide d'un seul clou étampé. En deux coups de marteau c'est plié. Dans la boîte ! Les cruci-sacrificateurs sont des pros. Ils dressent la croix gémissante et la font glisser droite dans la gaine d'une cavité étroite et profonde, où elle demeure plantée. Une grosse bite en bois est intercalée entre le montant et les fesses nues (car nous sommes toujours crucifiées entièrement dénudées) pour éviter que le corps ne s'affale. La croix se tient à la verticale sur le Lieu du Crâne, aux yeux de tout le monde, qui en apprécie la contrainte de la posture, promesse séculaire de rédemption absolue. Mais comme la femme met vraiment beaucoup de temps à mourir, un soldat lui perce le flanc avec sa lance… L'image de la crucifixion est très présente, un peu partout, en Occident. Si les Pères de l'Église n'avaient pas permis de représenter le Christ sur la croix, la civilisation occidentale ne se serait pas construite par les images. La civilisation du cinéma, de la télévision, de la photographie s'enracine dans cette image-là : un corps souffrant. C'est

avec ce corps, fabriqué par le Judéo-Christianisme depuis vingt siècles, que nous vivons. C'est ce corps que nous montrons au médecin. Et c'est avec ce corps que nous baisons. L'Église d'Occident, c'est la souffrance. L'Église d'Orient, c'est le bonheur. C'est en raison de cette différence de point de vue entre l'Église Orthodoxe et l'Église Catholique que l'Église Chrétienne s'est divisée, vers l'an 1054...

— Est-il possible d'aller de la faute et la douleur, de la joie et la lumière, vers l'au-delà du bien et du mal ?

— Je ne vous propose rien d'autre. C'est simple : inventer un nouveau *Nous Deux*. Une autre manière d'exister. Un autre ethos. S'échapper de l'ornière, de la souricière, de ce chemin doré qui mène à la catastrophe, pour inventer quelque chose qui n'existe pas encore et donc qui dépasse notre petit entendement actuel. C'est le défi que pose la question du présent.

— Ça passe ou ça casse, comme toute expérimentation politique qu'est une révolution.

— Pour cela, nous devrons exprimer toute notre sensualité ; et au risque de tout perdre.

— Marie, je vous désire et même au-delà... mais je ne vous *aime* pas...

— Vous pouvez vous passer de cette culpabilité.

Le Soleil se couchait. Le chœur des quinze femmes enceintes se reflétait sur la baie vitrée teintée d'écarlate (le chœur se formait en exécutant une danse lascive autour d'un point central : le lit à coucher). Les femmes regardaient Tom, assis sur le bord du lit à coucher, tandis que Chrysis, au milieu de la chambre, se déshabillait. La minijupe de cuir noir, qui la moulait étroitement, glissait en se plissant d'éclats vermillonnés au long de ses grandes jambes, dévoilant de puissantes fesses bellement nues. Le chœur chuchotait.

*La comédie sociale,
L'ordre et la loi,
La création, l'art, le mythe, la fiction,
Toutes ces contre-approches,
Cela ne les intéresse plus.*

*C'est vain,
C'est mensonger,
C'est arrogant,
Un peu lâche.*

*Ce qui est important pour eux,
C'est le geste retiré de la pensée.
C'est de savoir-faire que l'un et l'autre
Jouissent à jamais
Dans la dignité de l'acte libre.
Et de se regarder ainsi être
Totalement
Œuvre d'art brut.*

*Le vrai génie
C'est la Grande Danse de l'être,
La poésie sauvage et cruelle des corps.
C'est la contemplation crue,
Dans le sein de la Terre,
Du monde,
Lequel est Jouissance Féminine.*

Nue, Chrysis enjamba ses vêtements étendus sur le sol, et entra dans le cabinet de toilette, en refermant derrière elle la porte chatoyante de reflets cramoisis.

Là-dessus, la journée prit fin.

2

Au début de la nuit suivante, Tom retira son costume-cravatte noir de sous-chef cauteleux (la chemise blanche était une chemise de femme). Il ne ressentait pas la froidure de l'air, malgré son haleine qui vapotait au sortir de sa bouche. Il enleva ses sous-vêtements : d'abord les chaussettes noires, puis le slip azur. La porte du cabinet de toilette s'ouvrit derrière lui. Il se retourna et observa Chrysis nue, perchée sur ses hauts talons d'acier. Il fut un peu surpris par les tatouages vermillon qui marquaient son corps, comme si elle venait de se les faire avec son sang menstruel, qui bordait les lèvres de son sexe. Sur la cuisse droite était tracé le mot FUCK. Sur la cuisse gauche SHIT. Sur la sangle abdominale, en dessous du nombril, il pouvait lire BORN TO BE WILD. Des lettres tracées sur quatre doigts de la main droite formaient le mot HATE. Aux quatre doigts de la main gauche FEAR. Le tatouage sur le bras droit était le plus impressionnant. Il représentait le bûcher des Sorcières, dont les flammes purpurines se sublimaient en champignon atomique Trinity d'Alamogordo. Enfin, elle portait en guise de rouge à lèvres son sang menstruel. En ondulant des hanches vers Tom, elle avait l'air de lui dire : « C'est l'état présent des choses. » Elle le prit par le cou, inclina doucement la tête sur le côté et déposa ses lèvres fraîches sur les siennes toutes froides, pour l'embrasser à bouche que veux-tu. Le regard de biais, Tom voyait dans le miroir des toilettes Chrysis de dos. Sur le haut de la fesse gauche de sa croupe bien tournée, un petit tatouage représentait des buildings jaillissant du cadavre d'une Amérindienne. La corruption du Nouveau Monde s'était infiltrée jusque dans le corps de Chrysis, laquelle, comme une Américaine, la sublimait en vitalité frontale.

Emportés par le mouvement giratoire de leurs langues, Chrysis et Tom se plaçaient dans un redoutable territoire de réalisation, *zone* totalement étrangère au Sensible et à l'Intelligible, sans Forme, et où tout ce qu'ils entreprendraient sexuellement serait œuvre aporétique, où la chose sexuelle parlerait, telle une prosopopée de la vérité. D'une main impérative, Chrysis branlait la verge tumescente. Tom, d'une mâle vigueur, lui claquait une fesse ! La peau ferme absorba le choc avec un son mat ! Le mouvement convulsif de la longue main de Chrysis altérait le sens du temps et étirait l'espace, jusqu'à ce que l'espace-temps s'évanouît au profit de ne jamais céder sur le désir d'être face à l'étrangeté de l'étant.

— Ô mais vous êtes bien monté ! dit-elle.

Et elle le gifla, en réponse à la gifle bien claquée qu'il venait derechef de lui assener – tel un coup de grâce – sur l'une des puissantes fesses. *La main qui tue* s'imprimait en écarlate sur la peau tout en tension. Saisi d'une ardente émulation, Tom souleva Chrysis par la taille et la porta sur le bord du lit. En lui écartant les jambes, longues et fuselées, il s'agenouilla sur le sol de béton glacial, et il enfonça sa bouche dans le sexe rouge coquelicot. La forte odeur lui évoquait la viande rouge. La langue glissait entre les grandes lèvres en forme de corolles plissées. Tom était au cœur de *la chose féminine*, dans l'essence même de la Terre-mère qui donnait naissance à toutes les choses.

— Ceci est mon sang, disait Chrysis. Vous voilà ainsi au plus près de la vérité…

D'une main ferme, elle lui maintenait la tête entre ses jambes, afin qu'il poursuivît ce *cunnilingus vampiricus*, qu'il absorbât toute l'énergie dont il aurait grandement besoin pour *la prendre*, *la posséder*. De cet air froid qu'elle affectait, elle le regardait boire le sang en train de sourdre de sa vulve. Et elle lui disait ces mots.

— Il n'y a pas d'énigme du féminin... Il n'y a pas d'éternel féminin... Pas de femme idéale... Pas de race des femmes... Mais de la chair vivante. La chair et le sang. La merde et la pisse... Sentez et regardez-moi ! Réjouissez-vous et buvez-moi, oui !

D'une main soudainement molle, elle laissa Tom se dégager lentement d'entre ses cuisses tout écartées et quelque peu pochetées de cellulite. Il avait le bas du visage maculé de sang menstruel. Il fixait sans ciller cette faille ouverte sur un chaos de pétales sanglants. Ce hiatus de chair et de sang était pour lui la trace de la scission irréversible d'avec la nature, de la séparation irrémédiable des hommes d'avec les femmes, toutes les femmes. Délicatement, il écarta la partie antérieure de la vulve. Les grandes lèvres s'ouvraient comme les pans d'une robe purpurine, pour lui laisser découvrir sans équivoque ce qui lui causait, pour revisiter ce qui lui manquait, pour pointer cet *objet-petit-clitoris* que personne ne voyait jamais. Et du sang menstruel, peu à peu, Tom voyait émerger le réel même de son désir : *objet-petit-clitoris* revenant du hors-monde dans le monde. Aussitôt, Tom le toucha, le fit rouler entre ses doigts, pour sentir la rondeur bien lisse de la chair, et l'examina pour constater qu'il était bien en tumescence. Puis il laissa la pulpe d'un doigt de Chrysis venir rouler sur l'*objet-petit-clitoris*, pour en faire du désir, donc de la jouissance lucide, un *agalma* qui obligerait Tom à objectiver une altérité radicale, à endosser la réalité physique de son désir d'*objet-petit-clitoris*, cause de ce qui le divisait douloureusement, le mettait à l'étroit dans son être. La longue main de Chrysis, aux doigts effilés marqués de lettres formant le mot FEAR, dansait sur les pulsations d'une sauvagerie primitive. Tom était hypnotisé par l'ondulance des lettres rouge sang F et E, tracées respectivement sur l'index et le majeur qui palpitaient dans l'humeur sanguine tel un petit cœur tachycarde. Une haleine vaporeuse s'exhalait par vagues successives de la bouche de Chrysis grande ouverte. De l'autre main, en pressant un de ses seins, un puissant panache de sécrétion lactée se forma, faisant remonter toute une énergie à la surface du mamelon turgide, propulsant de longues giclées qui se répandaient sur le noir dur du drap et sur le ventre haletant – qui portait en soi la vérité vivante et sans fard. Tom avait écarté les grandes lèvres, puis les nymphes, afin de laisser le sang lourd et lent s'écouler de la cavité étroite et profonde. Une puissante odeur s'exhalait. Ce musc âcre de fleurs fanées excitait Tom. Lentement, il porta ses doigts à sa bouche, afin d'en sucer tout le sang chaud et gluant. Un abandon mental et physique les envahissait. Ils étaient aux bords extrêmes du temps, dans la réalité brute de l'état des choses. La main de Chrysis marquée FEAR tremblait si fort sur l'*objet-petit-clitoris*, qu'elle en devenait floue écarlate. Les petits seins s'épanouissaient au ralenti sur le torse strié de gouttelettes de lait. Et la main marquée HATE filait très lentement dans l'air cru, pour aller empaumer la verge toute tendue vers l'évènement hétérologique qu'était la promesse de la rencontre de l'étrangeté de l'Autre dans l'acte sexuel sans équivoque. Petit à petit Chrysis et Tom perdaient la notion psycho-culturelle du temps, laquelle n'était que volonté de néant.

À l'heure du premier sommeil, Chrysis prenait en bouche gourmande le sexe de Tom. Rameau de chair vernissé de salive et entrelacé de veines saillantes qui lui conféraient l'aspect primitif d'un arbre millénaire miniature, que la main immolente, pleine d'alacrité, empaumait avec ardeur. La langue intempérante serpentait autour du gland – circoncis – vineux et doux comme du velours. Doucement, il s'engluait dans la bave lactescente du désir de Chrysis, laquelle vrillait sur Tom un regard lucide où se dévoilait la clarté brutale du geste primitif de sa bouche fellatrice. Mouvement de va-et-vient abrupt, martelé avec une opiniâtreté farouche qui remontait le temps au fil de la domination des hommes sur les femmes, guerre des sexes qui trouvera son exutoire dans le face-à-face impétueux qui clôturera le roman. Bruits de succion évoquant des sentiments, des émotions et des images d'une logique hors norme. Nudité crue du visage de Chrysis. Ses grands yeux lapis-lazuli ne cillaient presque pas et avaient l'éclat du verre. Belle érection inépuisable de Tom, pour se grandir vis-à-vis de Chrysis, laquelle l'engloutissait d'un trait mordant souple et félin. Une fine vapeur nuageait tantôt au sortir de ses narines dilatées pour engouler la fauve odeur de la verge, tantôt au sortir de sa bouche coquelicot, qui s'entr'ouvrait pour inhaler l'air cru et froid au travers un entrelacs complexe de salive spumescente, puis se refermait en glissant le long de la hampe toute gonflée de veines chaudes de sang. Et lorsque Chrysis enfonçait la verge luisante de bave au plus profond de sa gorge sonore, c'était aussi parce qu'elle voulait remonter non pas jusqu'à sa propre conception, mais jusqu'à la naissance du cosmos, remonter à moins d'une seconde de cet événement originel et s'abîmer ainsi dans l'inconnu, au risque de modifier toute sa structure de pensée, au risque de tomber au cœur d'une énergie d'une densité infinie : *La Jouissance Féminine*. Sous la brutalité désincarnée du va-et-vient incessant, Chrysis échappait petit à petit à la raison et à la narration. La bouche fellatrice toute de bavures coquelicot concentrait le monde, menant à une hyperbolisation du réel d'une crudité extrême. Mais même au cœur de cette crudité-là, le *sexe* gardait tout son mystère. C'était ce que Chrysis, le front bas, le regard en dessous, le souffle court, la verge enduite de salive spumescente à la main, incarnait dans le geste primitif de tout son être. L'étreinte visqueuse de la bouche faisait crier le silence qui enveloppait le réel – au commencement était le silence. Refuser d'écouter, d'entendre ce silence, c'était ouvrir la porte à l'instinct de mort, au monde comme volonté d'anéantissement. Sur la pupille millénaire de Chrysis se reflétait le foutre qui jaillissait vers son visage et, de là, dégoulinait sur sa main s'agitant de haut en bas en pulsations de plus en plus saccadées. Chrysis soufflait des volutes de vapeur et poussait des râles rauques, chants mélodieux attirant Tom malgré lui. Mais il n'était pas encore prêt pour aller affronter l'Océan sans limites d'avant la création du monde. Par crainte, il préférait rester bien attaché au mât de sa jouissance phallique, à laquelle Chrysis participait de manière opératoire, en choisissant de porter des talons aiguilles-crucifix, une jupe de cuir la moulant étroitement, en crachant des imprécations salaces spécifiquement guerrières, ou autres suppléances permettant de faire jouir l'homme d'un point de vue phallique : imposer aux femmes une sujétion rude.

Une lune pleine, toute grêlée de cratères, tachetée de mers sombres et d'espaces vierges, projetait ses rayons blancs sur la baie vitrée, faisant briller les traînées d'eau d'un lustre argenté. Leurs ombres humides glissaient sur les murs, le lit à coucher, et sur les deux silhouettes épiphaniques éperonnées par *le sexe*.

Se chargeant du rôle actif, de sa grande taille Chrysis chevauchait Tom, les jambes écartées, les longues mains poisseuses de foutre posées à plat sur le lit, afin d'y prendre un point d'appui pour imprimer, de façon efficace et cadencée, le mouvement de haut en bas à sa puissante croupe. Toute haletante et échevelée, elle se retourna pour voir l'image spéculaire que le chœur des femmes enceintes lui renvoyait, c'est-à-dire l'outrance de sa large croupe animée du mouvement binaire le plus violent possible, se soulevant et s'abaissant coup sur coup, avec une célérité hypnotique, guidant ainsi la verge, vernissée de sang menstruel, au tréfonds de la vulve. En avant-plan, se dressait à l'envers le crucifix ornant l'un de ses talons aiguilles – elle ne les avait pas retirés, à l'insu de son plein gré. Le mouvement de haut en bas, se répercutant vers l'escarpin "Décolleté", changeait l'aspect de la figure crucifiée, passant en quelques secondes d'un corps souffrant à un autre, d'une femme à une autre, et ainsi de suite. Dans l'ombre fuligineuse du talon aiguille, qui occultait par intermittence le visage cru et dur de Chrysis, palpitait une minuscule poitrine décharnée ; scintillaient des côtes saillantes ; luisaient des cernes profonds sous les yeux clos, auxquels répondaient les yeux grands fermés de Chrysis qui s'empalait loin, très loin, en donnant des coups de reins impératifs de plus en plus précipités, mouchetant à touche-touche avec son sang menstruel la partie interne, pochetée de capitons, des fessiers. Le mouvement rapide de la croupe donnait l'illusion de fesses flasques toutes chiffonnées de plis irréguliers, fripant brusquement la peau d'une fesse encore enluminée par l'empreinte négative de *la main qui tue* de Tom. Le profond sillon glutéal s'ouvrait et se refermait sur l'anus, apparition disparition se posant sur le mode du refoulé : l'apparition de l'anus était une effraction du réel. Tout à proximité, les génitoires de Tom étaient gorgés de sang menstruel. Chrysis se penchait face au visage de Tom. Elle le regardait dans les yeux. Les dents serrées, elle lui chuchotait qu'il n'avait pas besoin d'aller sur un champ de bataille pour saigner. Elle était son champ de bataille ! Qu'il la prenne ! Qu'il la possède ! L'assaille ! L'investisse comme la Grande Prostituée ! Qu'il escamote le sens de ce sang ! Alors Tom souleva Chrysis et la renversa sur le dos pour la coïter en face à face, lui relevant les jambes contre les flancs, puis grippant le drap noir avec ses orteils crochus afin de faciliter une pénétration en profondeur. L'investir totalement, très loin. Cambré sur elle, il allait frapper l'utérus, le sexe tendu par la nécessité immémoriale de la génération. Et les longues mains de Chrysis, agrippées aux fesses musculeuses de Tom, assistaient leur compénétration. Redressant la tête,

elle regardait le va-et-vient de la verge dans sa vulve coquelicot, verge brutale toute de ramifications infinies de veines, ces chemins divergents du sang convergeant vers le lit à coucher, où se cachaient les mêmes manques, où se répétaient les mêmes désirs voués à l'échec, où tout se déjouait dans l'acte sexuel toujours recommencé, circularité du Même où se dénouait et se renouait la circularité du manque, tout autour du nombril des femmes, criantes de vérité dans le lit à coucher, irrémédiablement effrontées, telle Chrysis en train de se faire coïter tout autour du manque de Tom sans équivoque avec le sien. Ses poils pubiens rouge coquelicot se collaient à ceux de Tom.
— Ô c'est beau ! disait-elle... Je suis votre champ. Allez à votre champ comme vous voudrez, mais faites auparavant quelque chose en faveur du plaisir incommensurable des femmes. Craignez ma *jouissance* et sachez qu'un jour vous serez en *sa* présence... En attendant, défoncez-moi : voilà la loi des champs !

Ils copulèrent ainsi longtemps, sans jamais qu'aucun d'eux ne pliât à la fatigue. Tom se revivifiait en promenant sa bouche carnivore sur les petits seins ; au creux du cou aux veines saillantes ; sur les joues osseuses parsemées de taches de rousseur. Chrysis se rassasiait tout contre les lèvres de Tom, par des mordillements, des sucements, des bécotements et l'humement de la salive. Pendant un court instant, Tom crut voir les organes internes de Chrysis, la houle de la merde sous son petit ventre tout en tension et rebond. Et sa vulve possédait une chaleur intense qui pouvait permettre à Tom de retarder l'éjaculation et de rester en érection selon sa volonté. Un peu plus tôt, avec son sang menstruel, sans rien dire à Tom, Chrysis lui avait tracé sur la fesse gauche un **Ç** et un **A** sur celle de droite. Dans la caisse de résonance qu'était la chambre à coucher, l'étreinte gluante dans le sang de Chrysis avait une profondeur harmonique dure et minérale, une réverbération brutale envoûtante. Leurs cris cognaient et barattaient l'air froid. Les murs de béton cru, se couvrant d'humidité, retentissaient des mêmes sons archaïques qui poussaient Chrysis et Tom à coïter indépendamment de leur volonté. Ils ne pouvaient s'arracher à ce qui venait. « Viens ! » répondait l'écho d'autres cris. Les dimensions de la chambre, son aménagement et sa géométrie semblaient répondre, petit à petit, à une logique non euclidienne, où bientôt Chrysis et Tom vivraient sans cesse dans la même seconde, où *ça* se jouissant serait toujours là, où leurs jouissances hétérogènes, touchant la figure même du réel, les feraient sortir à jamais de la fiction de l'Inconscient, de l'intérieur du cadre arbitraire et inerte de leur culture, et de la crainte qui courbe dans l'obéissance. En attendant cette apocalypse dans la rencontre de leur refoulé respectif, le chœur dansait autour du lit en suivant le rythme bien claqué, poisseux et collant, des lourdes fesses de Chrysis frappant la mouille et le sang écoulés sur les cuisses velues de Tom. Une danse brutale. Ça pulsait. Ça jouissait. Et ça parlait.

> *Pour pouvoir la baiser ainsi*
> *Et non comme ça*
> *Il doit la ravaler*
> *À une chose prise à la gorge*
> *Et la profaner*
> *Via son Guet-Apens-Lace-Body.*
>
> *Pour pouvoir se faire baiser ainsi*
> *Et non comme ça*
> *Elle doit se soumettre*
> *À la Puissance*
> *Et se coucher*
> *Sur le concept d'homme-fort.*

Il ne la baise pas
Il ne la fait pas jouir
Non !
Il lui fait la guerre
Avec sa haine et sa peur.

Elle ne le baise pas
Elle ne le fait pas jouir
Non !
Elle lui fait la maman et la putain
Avec sa peur et sa haine.

Là-dessus, la nuit prit fin.

3

La journée suivante, en début de matinée, prise en levrette contre la baie, Chrysis voyait la ville-opulente croupir sous elle. Son haleine couvrait de buée la vitre, occultant de son champ de vision les tours vaporeuses. « Toutes ces tours ont été bâties sur la haine envers le féminin. La haine à l'encontre des femmes et leur dressage sont les fondations de ce monde en guerre perpétuelle contre le vivant. Que ce monde génocidaire aille à sa perte. *We blew it...* », pensait-elle. Ses longues mains posées à plat sur la vitre amortissaient le va-et-vient saccadé de son grand corps, que Tom martelait par-derrière. Toute la baie grondait. Chrysis était comme une tête de bélier heurtant la ville-opulente au travers de la vitre, dont les vibrations sourdes se répandaient dans le sol et les murs, tel un tremblement de terre. Tenant fermement Chrysis par les hanches bouffantes, Tom l'assaillait de violents coups de reins précipités. Les fesses satinées de sueur venaient contre-claquer sur son bas-ventre poisseux. Du point de vue surplombant de Tom, la puissante croupe de Chrysis se confondait avec la ville-opulente. Sur la fesse gauche, le tatouage de la nation émergeant du cadavre d'une Amérindienne s'enfonçait alternativement dans les vaguelettes versicolores que la forte pression des doigts de Tom créait. La proximité du tatouage avec l'anus au-dessus de la vulve millénaire assaillie par le phallus séculaire, cette proximité tatouage/anus/vulve-en-sang poussait Tom à rejouer sur les fesses métonymiques de Chrysis l'Histoire. Crucifier derechef la Sorcière pour consolider les fondations structurelles de la Cité-État. Et Chrysis prenait soin d'élever sa croupe, pour permettre à la verge de s'enfoncer loin au fond de son vagin coquelicot.

Sous les coups de boutoir, l'anus s'ouvrait comme une bouche d'ombre méphitique, rappelant à Tom que lui aussi, un jour prochain, il serait mangé, puis transformé en merde dans le ventre de la Cité-État dévoreuse, laquelle se réinventait sans cesse, telle la cellule cancéreuse. L'ardeur redoubla ! Chrysis et Tom sentaient sous leurs pieds nus les vibrations de la baie vitrée et du sol. Dans le ciel, le Soleil était écorné par les nuages gris cendre tourmentés.

Tom tira Chrysis vers lui par les cheveux – lumineux et sauvages – et alla la renverser à plat ventre au bout du lit, lui relevant sur le côté la jambe droite, de manière que l'anus ressortît comme une cible, mettant ainsi Chrysis dans une situation d'arrêt sur image, pour que le chœur des femmes enceintes, se reflétant sur la baie vitrée, vît bien la verge vernissée de sang menstruel pénétrer l'anus, tel un clou étampé. Sidéré par cette saillie anale particulièrement violente, le chœur s'effaça au profit de la ville-opulente. Les buildings, abandonnés, étaient devenus sans vie. À leur pied, femmes et hommes cavalaient comme des fous pour leur survie.

Suante et harassée, Chrysis se retourna vers Tom, le fixant d'un regard antique de suppliante. Cloué en elle, dans son cul, Tom la gifla au visage ; puis sur le sein droit. Mais elle avait l'affront de lui tenir tête. « Vous bandez pour vous rehausser à vos propres yeux ! » semblait-elle vouloir lui dire. En un geste très lent, elle forma avec sa main droite un revolver, dont elle posa le canon-griffe sur le front de Tom. Sans le savoir, elle était en congruence avec ce qui se déroulait dans la ville-opulente : des hommes et des femmes nus se coursaient et se tuaient à bout portant, avec leurs mains en forme de revolver – après avoir investi la langue, la guerre avait structuré les esprits et façonné les corps en machines létales. Les déflagrations muettes entraient en résonance avec les chocs sourds portés sur la puissante croupe de Chrysis sodomisée.

Profitant de ce que Tom avait déculé – violence sacrificielle qui tourne mal – inflexible, Chrysis l'avait renversé sur le lit pour le chevaucher en lui tournant le dos, basculée en arrière en prenant appui sur ses mains posées à plat derrière elle sur les épaules de Tom, cette position en écho avec le corps crucifié ; avec le bûcher des Sorcières, dont les cendres nuageaient encore au-dessus du monde. En regardant Chrysis brûler vive, le chœur des femmes enceintes mimait le bruit du feu. Elles agitaient leurs mains sur le reflet infernal de Chrysis, simulant l'ondulation des flammes autour de ce corps de femme qui portait dans sa chair la brûlure de l'homme sodomite. En la prenant ainsi, Tom mettait Chrysis dans une nouvelle situation d'arrêt sur image, une image haillonneuse, délavée, désaturée : dans les flammes, le chœur voyait la désagrégation progressive de la couleur s'opérer sur le corps en feu de Chrysis... agenouillée pour faire front à un riche jet de folle semence – celle-ci avait décrit un arc de cercle avant de retomber, lourde et gluante, sur le visage orienté vers le haut, qualifiant de la sorte Chrysis comme bête de boucherie propre à la consommation et Tom comme puissance. Le foutre ruisselait comme du sang sur le visage de Chrysis. Elle passait de l'angoisse au ravissement. Sa main droite branlait en pulsations de plus en plus rapides la verge embrenée et vermillonnée, geste rituel confirmant la frontière séparant hommes et femmes. Dialectique au rebours des origines de la peine des verges et des bûchers : la disciplinarisation et le dressage des femmes lors du passage du féodalisme au capitalisme ; une accumulation de richesses et une mainmise sur tous les secteurs économiques et sociaux allaient s'accomplir sur l'anéantissement de leurs corps.

— Good boy ! murmurait Chrysis, en accompagnant d'un petit éclat de rire les pulsations de sa main droite, de laquelle s'épanouissait vers tout le bras contre-tendu le monstrueux tatouage du champignon atomique Trinity d'Alamogordo.

Ça sentait le foutre, mais aussi le sang et la merde. Chrysis humait ces odeurs de l'étant premier qui venaient se mêler à celle, tout autant primitive, qui s'exhalait d'entre ses jambes mouillées. Elle était dans la logique des choses.

Sur ces entrefaites, le chœur des femmes enceintes se lança dans une série d'entrechats endiablés. Une danse brutale, violente, qui évoquait la colère.

Les Putes sont persécutées
Parce qu'elles disent la vérité avec leur cul.

Les Sorcières sont persécutées
Parce qu'elles ont accès à la vérité des choses.

Les Femmes sont persécutées
Parce qu'il n'y a pas d'orgasme masculin.

Les Hardeuses sont persécutées
Parce qu'elles reflètent notre misère sexuelle.

Les Femmes enceintes sont persécutées
Parce qu'elles affichent leur péché de chair.

Les Femmes sont voilées
Parce qu'elles sont la Porte du Diable.

Les Femmes ne peuvent être sexuelles
Parce qu'elles seraient des Salopes, des Putes.

Et les Putes sont persécutées
Parce qu'elles se défendent avec leur cul.

4

Au cours de cette même journée, Chrysis et Tom mangèrent de la chair crue d'un animal sauvage et burent de l'alcool dur, tout droit sortis du petit sac rebrodé d'or – et magique – de Chrysis. De l'alcool et de la viande très éloignés de l'hygiène de *Soylent Industrie LTD*, car élaborés à l'air libre de la chambre à coucher, où les corps de Chrysis et de Tom avaient évacué plus de trente-six millions de bactéries par heure.

Après avoir uriné et déféqué chacun leur tour dans la cuvette en acier inoxydable, sans rien cacher à l'autre de cette intimité, ils allèrent auprès de la baie contempler le panorama. La ville semblait figée au bord du temps. Le sommet du plus haut gratte-ciel jamais construit commençait à s'écrêter sous les rayons brûlants du Soleil – lequel avait doublé de volume. Tom posa sa main sur la hanche de Chrysis. Elle eut un mouvement de recul.

— Ô vous êtes violent !

Surpris et gêné par cette réaction abrupte, Tom retira aussitôt sa main. La clarté sauvage du geste l'avait trahi.

— Vous avez senti ce tremblement de terre, tout à l'heure ? demanda Chrysis.

— Ô il n'était pas très fort…

— Dites-moi Tom : comment les autres femmes vous caressaient-elles ?

— Euh… remonter le temps… c'est prendre le risque de convoquer les fantômes…

— Cela ne me dit pas comment ces fantômettes vous caressaient, Tom…

— À vrai dire, toutes ces caresses acharnées ou résignées ont maintenant la consistance d'un rêve, infigurable et ineffable.

Peut-être bien parce qu'il y avait, en dessous de ces caresses convenues (et ça devait me rassurer), le désir non déguisé d'une soumission, d'une obéissance à un ordre établi. C'était fait dans le but d'autre chose que le simple geste salace. Juste la confirmation d'être une *born to lose* sous puissance d'un mâle. Comme si elles me reprochaient de ne pas avoir vu dans leurs yeux la petite fille qui pleurait sans raison, mais seulement la femme d'une beauté fonctionnelle, froide et calculatrice, tout en chair, en rondeurs, si pragmatique, si impérative, mais totalement fermée. Verrouillée de l'intérieur dans l'attitude soumise de la bête vaincue. Sauf une femme, qui me donna lors d'une relation éphémère l'impression de pouvoir répondre à cette question : « Pour *quoi* et non *pourquoi* la vie vaut-elle la peine d'être vécue ? » Au lit, elle était si hypersensible, si sensuelle, si obstinée qu'il était difficile de la dévisager sans croiser son regard pétrifiant. Je ne pouvais la regarder jouir qu'en lui tendant le miroir de mon petit plaisir… C'était rassurant… Un peu comme si je lui avais mis un oreiller sur la tête…
— Quand *nous* on baisait, il y avait comme une… une rage !
— Vous vouliez même me tuer, si votre main avait été un revolver…

De sa main droite, Chrysis forma un revolver, deux doigts effilés figurant un long double canon osseux aux ongles-griffes pleins de terre noire. Elle tendit son bras ainsi *armé* et visa le crucifix. Tout soudain, Tom enfonça sa tête entre ses épaules, tétanisé par la forte détonation qui avait retenti et le vol en éclats sur le lit à coucher du crucifix. Tom fixait le trou dans le mur. Puis il ramena brusquement son regard effaré sur Chrysis, qui observait ses deux mains tatouées avec son sang menstruel : FEAR   HATE
— Mais Marie, vous auriez pu me…
— J'aurais pu, oui, comme vous auriez pu m'enculer jusqu'à engager mon pronostic vital. La sodomie est à la femme ce

que la castration est à l'homme. Vous avez beau vous déguiser en femme Tom, vous restez un beau monstre : un prédateur sexuel. Un assassin en puissance.
— Je me déguise en femme, comme vous dites, pour être *tout*. Je m'habille en homme pour être *rien*.
— *Rien* et *tout* c'est la même chose, je vous l'ai déjà dit.
— C'est désespéré alors…
— Peut-être pas. Nous sommes en train de tenter de sortir de l'Histoire, cet Océan de testostérone, comme nos ancêtres de la mer primitive. Nous devons continuer, Tom… Nous devons nous porter à l'assaut de nos retranchements idéologiques et psychologiques. L'amour physique est une aporie. Il faut libérer le sexe de l'amour, lequel se fonde sur un arrière-plan mythique et idéologique qui dissimule la vérité crue. Nous devons, à coups de reins, reconstruire l'amour, un amour où il n'y aura pas de sentiments, de salut, de pertes et profits, de supplément d'âme, de rédemption, de foi et d'idolâtrie ; mais où l'amour, entrelacé avec le corps *ob-scène*, la conscience de la mort et de l'altérité, aura à voir avec l'être originaire : l'être sans fin dans le monde, au monde et pour le monde tel qu'il est : boire, manger, copuler, pisser, chier et mourir !

Chrysis empauma le sexe rouge sang de Tom. Elle serrait sa main très fort, jusqu'à faire dégorger le sang d'entre ses doigts tatoués, le laissant ruisseler sur le semis sauvage d'éphélides du dos de sa main.
— Voyez-vous Tom, vous pouvez saigner sans vous blesser, mais en baisant une femme à la folie, c'est-à-dire pour ce qu'elle est : alternance de périodes fertiles et non fertiles. Une petite pendule tout en chair et en os réglée sur vingt-huit jours lunaires. *Baiser* une femme lorsqu'elle a ses *règles*, c'est refuser d'escamoter le sens de ce sang sur un champ de bataille…

— Mais Marie, vous divaguez. Depuis que je suis avec vous dans cette chambre, je ne vous baise pas ; je ne vous prends pas à la folie ; je me débats, je m'embrouille, rien d'autre. C'est un échec !

— Ne soyez pas pessimiste Tom Chôra !

— Marie, je vous ai suivie parce que j'avais envie de voir ce que vous aviez dans les tripes. Jusqu'où vous seriez prête à aller dans la séduction.

— Ce que j'ai dans les tripes (elle riait) : de la merde, de la pisse et du sang, comme tout le monde. Le corps, c'est de la viande. Quant à la séduction, cet art du mensonge et de l'hypocrisie imposé par les hommes m'agace : c'est sournois, lâche, manipulateur, et très ridicule. C'est un truc d'homme : séduire l'*autre* en y projetant sa propre image ; se séduire soi-même ; se désirer soi-même, pour ne pas voir en face sa vérité animale. Cette manière humaine – voire masculine – de se représenter la sexualité ne correspond pas à ce que nous sommes insectement (?), euh… *intrinsèquement*, puisque le désir est mimétique. Moi, je préfère aller de l'avant, avec franchise. Aborder la chose frontalement. Si séduction il y a, elle est basée sur la lucidité et l'échange véritable. Je suis venue vers vous de ma seule volonté, en me situant en miroir du lit à coucher. Pour voir ce que vous aviez dans le ventre. Ce ne sont pas des êtres libres toutes les femmes que vous aimez regarder dans la rue, mais des êtres dociles, domestiqués, des femmes de cendres qui ont été domptées sous le joug de la puissance des hommes. Ce que nous avons été est parti en fumée. C'est pour cela que l'on dit que la femme est l'égale de l'homme, qu'elle a des couilles au cul. En attendant, nous voilà ici, cul et chemise, et dans de beaux draps. Avant d'accéder à l'eau claire, il faut laisser jaillir la boue. Et c'est ce que nous sommes en train de faire.

— C'est quoi accéder à l'eau claire ?

— Vous *devez* exprimer votre sensualité.

— C'est ce que je me tue à vouloir faire depuis des lustres...
— Et vous me baiserez durant les quatre cents ovulations de mon ventre qui rythmeront notre vie.
— Jusqu'à la fin des Temps ?
— Oui... Jusqu'à la mort du Soleil... Alors continuez Tom, ne vous arrêtez pas. Allez loin, loin dans le dénudement et le dénuement...
— Vous voir jouir, Marie. Être digne de vous...
— Me faire éclore...
— Ce serait éthique...
— Une manière d'être...
— Un art... brut...
— Oui ! Tout à fait naturel !
— Marie... On ne peut plus dire du monde qu'il est *volonté de puissance*... On ne peut plus...
— Vous attendez quoi, vous, d'une femme ? Faire de son corps un lieu de projection de vos ambitions de puissance ? Ou bien faire en sorte qu'elle vous accepte pour vous emmener vivre sur notre île déserte et mystérieuse, ce clitoris entouré de nymphes où des femmes s'auto-féconderont avec votre foutre ?
— C'est un voyage au bout du féminin que vous me proposez là ?
— Non... au cœur de la *Chose Féminine*. Entre la culture (le bruit) et la vérité effective des choses (le silence), il vous faudra choisir. Ce livre (dangereux), qui nous incarne, en fait partie : lisez-le, puis détruisez-le selon la procédure qui vous conviendra.
— Dommage, personne ne les imaginera ces femmes s'auto-fécondant une grossesse au ventre en se soufflant dans le vagin mon foutre ; ni cette île mystérieuse entre vos jambes...
— Je me soucie seulement des tremblements de terre...

— En fait, vous me proposez de destituer la mère en tendant la main à la femme ?

— Non ! Je vous propose plutôt de destituer la femme pour tendre la main vers les femmes. Ce n'est pas de la culture que je vous propose, mais une aventure en perspective pour une éventuelle sonde-radeau à imaginer et qui irait explorer les lacs et les mers du sexe féminin.

— Arracher aux femmes leurs secrets, ça reste de la culture. Et je vous rappelle que la culture est un océan où même si l'on ne s'y noie pas, un requin vous croquera tout cru !

— Vous verrez Tom, dès qu'il y a du sexuel, ça cause et ça jouit ! Pas de sexualité possible sans appel à la vérité. La vérité se traverse dans le sexe, lequel est un langage, une prosopopée du réel. Dans le rapport sexuel, nous sommes à égalité dans la méconnaissance. Rien à voir avec la culture...

— Oui, mais dans le sexe, que reste-t-il d'authentique, de réel ? Le cri, la fellation, la sodomie, les poses, ce ne sont, peut-être, que des constructions humaines acquises ? Des inventions ? De la culture ? La sexualité n'est-elle pas devenue une institution qui régit les relations dans la sphère humaine ?

— Je ne sais pas. Mais la fellation est un gage de survie pour les femmes. Elle s'enracine dans un rite de fécondité : l'avulsion – marqueur de peur inoculé en nous depuis des millénaires. En vous suçant, je cherche seulement à avaler le tueur en vous. À neutraliser vos pulsions assassines.

— Pourtant, avec cette belle dentition de carnivore, cette puissante mâchoire, vous pourriez...

— Je préfère vous sucer jusqu'au sang : c'est plus radical, esthétique, et sans douleur. Et même si je voulais vous la couper net, je ne pourrais le faire, à cause de ce *principe de cohérence* que nous avons intégré. Mon libre arbitre trouvera toujours une raison pour ne pas le faire. C'est impossible.

— Toute cette haine, cela remonte à quand ? À la nuit des Temps ? À la horde primitive ?
— Non ! Foutaises ! Cela remonte à la blessure narcissique de la compréhension qu'il n'y avait pas d'orgasme masculin, mais seulement éjaculation pour la perpétuation de l'espèce. Le corps femelle devient alors une matrice à conquérir et à administrer. Ainsi, dans le lit à coucher, ce sont deux rapports différents au sexe qui s'engagent. Investir les lieux pour l'un. Survivre pour l'autre. L'un est ridicule : gros jouir mutique. L'autre semble s'être égarée au bord d'une falaise ontique : elle hurle à la folie ce pour quoi elle ne peut rien en dire : la *Jouissance Féminine* de l'étant. En cela, c'est le cri de la vérité.
— Marie... j'écoute votre voix rauque, cette gouaille un peu vulgaire, cette intonation des quartiers populaires qui me rappelle mon adolescence... Mais comment savez-vous toutes ces choses, vous, *fille de la rue sans joie* ?
— Ne cherchez pas à me grandir. Je vous l'ai déjà dit : en taule, ce sont les livres qui m'ont sauvée !
— Et vous avez commencé par quoi ?
— Un dictionnaire. Mais nous sommes de même complexion que les hommes. Comme vous, nous ne sommes pas épargnées par la Bêtise, et la sensation de la honte. Et nous pouvons aussi être très violentes, brutales et triviales. Tout à l'heure, j'aurais pu vous dire : « Ô oui ! J'aime bien sucer la bite ! Prends-moi à quatre pattes ! Je la sens bien ta bite dans mon cul ! Tu me donnes chaud ! Ah oui, j'aime ça ! Prends-moi comme ça ! T'arrête pas ! Défonce-moi ! Ô putain, c'est bon ça ! J'te bute ! »
— Mais comment savez-vous toutes ces choses, Marie ? plaisanta-t-il.
— ... La rue quoi ! Au fait, vous devez être un gaucher contrarié, car vous me branlez toujours de la main gauche.
— Ah ? Et je chaparde de la main gauche aussi...

— Alors, Tom, vous êtes un gaucher très contrarié incurable, dit-elle en agitant l'index d'un air coquin.

Elle se redressa pour aller retirer une autre bouteille d'alcool dur de son petit sac rebrodé d'or. Tom regardait les fesses altières formant comme une sphère. Il lui semblait devenir chacune des parties de cette sphère qu'il voyait. Il sentait monter en lui un pur désir animal. Une sensation physique presque douloureuse, qui lui faisait serrer les dents – et haïr cette fille qui se retournait vers lui. Troublé, il baissa les yeux vers les hauts talons thanatophiles. En versant l'alcool dur dans les coupes, Chrysis lui disait ces mots :
— Et si on poussait le bouchon festif encore un peu plus loin, hein ? Oublier *la guerre* comme structure fondamentale, hein ?

Tom acquiesça…

Après avoir retiré ses talons, Chrysis écarta les jambes. L'indécence de la pose était comme une proposition à aller là où la vérité était immanente : un chemin de vie.

« *Et Tom subissait de grandes fatigues*
Et poussait son sexe
Avec la force de ses deux reins.
Et il s'efforçait, poussant le sexe,
Jusqu'au faîte de la matrice de Chrysis.
Et quand il était prêt d'atteindre ce faîte,
Alors la force lui manquait,
Et le sexe glissait jusqu'au bord de la vulve.
Et il recommençait de nouveau,
Et la sueur coulait de ses membres,
Et une fine vapeur s'élevait de sa bouche.
Il était condamné à se retirer,
Toujours vaincu et triste pour l'éternité. »

5

Chrysis observait le trou dans le mur, au-dessus du lit à coucher. Cette bouche d'ombre ouvrait l'angoisse. Ce qu'il y avait derrière semblait exister de manière autonome, ne pas être le produit de la pensée, ni de l'imaginaire. Elle resta ainsi un long moment dans l'inaction, se concentrant sur les caresses de Tom. Il avait les mains chaudes. De la pulpe d'un doigt imprégnée de cette substance lactée qu'il avait préalablement fait gicler d'un sein, il dessinait sur celui-ci une spirale partant du mamelon turgide pour aller progressivement vers la périphérie, telle une galaxie avec ses milliards d'étoiles étincelantes. Il recommença le même geste sur l'autre sein, après y avoir fait sourdre de la pointe le lait d'un blanc brutal. En fixant le plafond de béton cru, Chrysis imaginait sa petite poitrine toute chatoyante épanouie sur son thorax. Sur les seins bellement scintillants, se composaient peu à peu des images. Doucement, Chrysis se laissait glisser vers cette digression mnésique. Elle se laissait aller vers le passé causal – où se trouvait une partie de son futur. Petit à petit le béton cru du plafond se métamorphosait en une vue surplombante d'un tarmac d'aéroport, sur lequel déboulaient deux voitures noires avec gyrophares bleus. Elles fonçaient vers un avion, au pied duquel des hommes déchargeaient des caisses d'un fourgon blindé pour les glisser dans la soute. Les voitures s'immobilisèrent. En descendirent des femmes de grande taille, lourdement armées et revêtues chacune d'un morphsuit intégral noir à fesses bien serrées. Deux d'entre elles tenaient en joue les agents du fourgon et le pilote de l'avion. Deux autres prenaient les caisses de soutiens-gorge rebrodés de diamants taillés. Valeur : quarante millions de dollars ! Pas un coup de feu. Pas de blessé. Pas de violence.

Pas de haine. Personne n'avait remarqué qu'au bout du canon de chaque Magnum 357 Python était enfoncé un tampon hygiénique saturé de sang menstruel avec sa ficelle pendante. Une des voitures a été retrouvée brûlée. Des mois plus tard, Chrysis fut arrêtée lors d'un banal contrôle douanier sur l'autoroute : elle avait dans sa valise un de ces magnifiques soutiens-gorge rebrodés de diamants taillés. Elle nia toute implication avec le hold-up, affirmant avoir trouvé le soutien-gorge dans un champ, près d'une voiture abandonnée. On retrouva bien la voiture désossée à l'endroit indiqué. Chrysis ne dénonça pas ses complices activistes féministes, indociles et rebelles, *mauvaises filles*. Celles-ci et le butin restèrent introuvables... et Chrysis écopa de plusieurs mois de *cabane*.

Le jour tirait à sa fin. Pris sous le joug de la nécessité, Tom coïtait Chrysis à même le sol de béton cru. Elle sentait la viande rouge. L'oscillation pendulaire des petits seins aux mamelons dressés fascinait Tom au point de durcir le courroux de son sexe. Il en ressentait une douleur exquise irradier son anus – qu'un doigt de Chrysis fouillait et écartait en une bouche d'ombre à laquelle répondait le trou dans le mur, qu'il était impossible de regarder en face. Le coït s'effectuait à vive allure. Les deux corps, violemment enchevêtrés, dépensaient une énergie pléthorique. Les muscles palpitaient sous les peaux halitueuses. Chrysis et Tom s'embrassaient à toutes lèvres, leurs deux corps s'agitant et ondulant en saccades de plus en plus rapides. Ils avaient tout à perdre. Chrysis écartait les fesses musculeuses de Tom, et plus l'anus s'ouvrait, plus elle atteignait la vérité de son être ; plus elle se dirigeait à la rencontre irrémédiable de son refoulé. D'un halo de vapeur, Tom voyait éclore face à lui un visage minéral tout empreint d'une discordance forclusive qu'il lui était difficile de soutenir du regard. Dans cette éclosion de sauvagerie, Chrysis semblait lui affirmer qu'elle n'avait pas besoin de lui pour exister. Et plus il allait loin en elle qui criait, plus il avait la certitude de l'entendre lui dire ces mots purs : « Vous ne pouvez saisir d'image de moi, ni de loi, ni de parole. Je suis indifférente à l'imaginaire, à la subjectivité et à la connaissance. Je suis en arrière du symbolique, par-delà le monde consensuel, en dehors de la réalité. Je suis ce que l'on voit une fois traversé le miroir du langage. Je suis ce avec quoi on ne peut faire semblant. J'existe de façon autonome et je fais très peur. Qui suis-je ? » Tenaillé entre les longues jambes fuselées de Chrysis, Tom ferma les yeux en éjaculant. Le réel, ça ne se regarde jamais en face.

Tout soudain, la réverbération d'un crépitement assourdissant se répandit dans toute la chambre à coucher. Ce son brutal provenait de la baie vitrée sur laquelle s'abattait une violente pluie purpurine. « C'est notre sang, le sang des Sorcières ! », pensait Chrysis. « Leurs particules de nuages cendrés, flottant au-dessus du monde, attendent depuis si longtemps que le ciel se déchire, et que de cet éclair tombe une pluie de sang. Le sang des femmes. Celui qui coule perpétuellement dans leur corps. » Les gouttes marquaient à touche-touche la vitre. Des ondes de vibrations sourdes parcouraient le sol. Petit à petit, la chambre à coucher s'obscurcissait... Dans le noir absolu, Chrysis et Tom continuaient de copuler, à vive allure. Et de tenir ainsi pendant longtemps, avec obstination. Dans le noir le plus noir, dans l'humide remous de l'écume sexuelle, intrigues et formes ne faisaient plus qu'une belle voix d'utérus, des bruits incongrus et gluants, des claquements de langues, des cris en lesquels la jouissance semblait faire écho à la souffrance et vice-versa.

TROISIÈME PARTIE
L'ÊTRE FACE À L'ÉTANT

1

À l'heure du premier sommeil, dans le cabinet de toilette, Chrysis sortit de la douche aux parois de verre couvertes de buée. Son grand corps filiforme et musculeux, et sa longue chevelure, tout ruisselants d'eau, étaient totalement noirs. D'un noir profond, qui n'avait aucun poli, aucun reflet de lumière, aucune consistance matérielle. Une matière noire sans limites, sans bords et d'une température proche du zéro absolu. Tous les os du squelette – chacun d'eux apparaissait peu à peu – bougeaient avec une lenteur extrême. Ce n'était pas une dématérialisation du corps : en passant ses longues mains sur la froidure noire, Chrysis en devinait les rondeurs ; et en les palpant, elle sentait ses doigts s'enfoncer au cœur d'une densité glaciale. Aussitôt elle retira ses mains de dessus son ventre. Dans le miroir, un visage-crâne lui souriait pour l'éternité.

Tom discernait à peine cette femme-squelette qui se mouvait très lentement dans le halo fuligineux des lampes à figures rouges... Elle montait sur le lit à coucher, rampant à quatre pattes vers Tom. En la touchant, celui-ci reconnut Chrysis aux courbes de ses fesses vigoureuses, à celles de ses petits seins durs – et à la fragrance de ses hormones printanières. Mais en pressant chacune des fesses pour les malaxer comme elle aimait, il sentait avec inquiétude ses doigts glisser vers un abîme de froid. « Vous êtes un néant » avait-il envie de lui dire. Chrysis voulait-elle lui apparaître nûment ? Il voyait les os d'une main-squelette se replier sur sa verge. À l'intérieur de quelques gouttes d'eau qui semblaient flotter dans le noir autour des os, Tom voyait une femme enceinte du chœur. Certaines gouttes, en allant toucher lentement la lourde draperie noire, éclataient sans bruit, libérant de leur sphère d'eau la femme enceinte qui s'y trouvait. En s'avançant dans les plis, toutes ruisselantes, elles donnaient l'impression de sortir d'un squelette géant, dont les phalanges d'une main et les mâchoires béantes du crâne enveloppaient le sexe de Tom au-delà du noir le plus noir. Les phalanges de l'autre main se repliaient sur les testicules. Au niveau des pommettes, l'obscurité se creusait, formant des fossettes d'ombre où se rejoignaient les énergies amoureuses et haineuses. Le chœur reconstitué exécutait une danse ensauvagée autour des mouchetures que le sang menstruel avait laissées sur le drap froissé.

Avec cette main, elle rassemble
Toutes les choses en une seule.
Avec celle-là, elle sépare
Cette chose en plusieurs.

C'est l'alternance de ces deux états
Qui constitue le mouvement du coït.

Ces mains sont à l'image des couilles :
Il y en a une pleine de Haine
Et l'autre pleine d'Amour.
C'est le mouvement même du coït.

La chambre à coucher résonnait seulement des respirations haletantes de la femme-squelette et de Tom, ainsi que des bruits humides des corps mouillés. Sonorités atonales et folles en miroir de leur origine animale, et que les odeurs venaient confirmer.

Plein de malerage, Tom voulait prendre la femme-squelette par derrière, pour ne pas regarder en face son masque de mort. Il la retourna – brutalement – pour la saillir en levrette, position de soumission qu'elle adopta d'instinct. L'échine dorsale ondulait sous les soubresauts. Tom ne sentait plus son sexe enfoncé jusqu'à la garde au tréfonds de la froidure d'un espace fini à courbures positives, hypersphère sans limites, sans bord ni frontière, où l'on pouvait voyager indéfiniment. Espace fini contenant l'infini de tous les possibles, l'infinie possibilité d'un *être* conçu en puissance dans le cercle du ventre de chaque femme enceinte du chœur, et dansant en dessous de la saillie géante. Infini exprimé dans le O du désir de la femme-squelette : elle voulait accoucher un nombre infini de figures, où rien ne serait plus *ceci* que *cela*. À coups de reins, Tom acculait la femme-squelette au fin fond du lit à coucher, qui sentait encore le sang menstruel. Leurs haleines bruyantes se sublimaient en vapeur autour d'eux. Ils coïtaient au rebours de leur naissance, revivant la fécondation de l'ovule, puis la formation du fœtus, durant laquelle celui-ci avait embrassé toute l'histoire du vivant, jusqu'à la toute première cellule, et l'histoire du cosmos, de la formation du système solaire, du Soleil, des étoiles, des galaxies, des molécules, des atomes, des électrons, des protons, des particules primordiales, des premières heures, des premières secondes, des toutes premières mili-secondes, jusqu'à ce mur sans espace/temps, sans lois physiques, d'une densité infinie, et non encore traversé du moment opportun de tous les possibles, comme ce moment opportun où un spermatozoïde, parmi des millions, pénétrait l'ovule et donnait naissance à X ou Y… En éjaculant son foutre, le cri de Tom se mêlait à celui de Chrysis, la femme-squelette. Comme dans le cri du nouveau-né sortant de la nuit utérine, dans le cri des amants en train de copuler s'exprimait en sourdine l'effroi de retomber dans le non-être d'avant la naissance. Car sortir de la nuit sexuelle tenait du hasard. Si les géniteurs de Chrysis avaient coïté quelques secondes plus tôt ou plus tard, ce ne serait pas *elle* qui aurait été conçue, mais *une* ou *un Autre*. Si les géniteurs de Tom avaient coïté quelques minutes plus tôt ou plus tard, ce ne serait pas *lui* qui aurait été conçu, mais *un* ou *une Autre*. C'était cette figure de l'*Autre*, ce *Grand Autre*, toute cette vérité de l'inconnaissance qui s'exprimait dans les cris des amants et dans ceux du nouveau-né. C'était cette angoisse d'avoir failli *ne pas être* qui s'exprimait dans chaque copulation. Le cri, dont la résonnance se propageait dans l'espace, comme pour repousser l'*Autre*, exorcisait cette angoisse. Il l'effaçait pour la sublimer dans la vie mort vie en une prise de conscience d'une finitude, et d'une altérité radicale. Chaque copulation était un Requiem pour soprano, mezzo soprano. Chaque copulation était une tragédie du non-être qui bordait le vivant, un corps à corps transcendant qui montait du ventre féminin. Chaque copulation était une nostalgie du cri primal à vouloir la vie. Chaque copulation était une sensation féminine d'un déjà-vu : un grand cercle de lumière, depuis l'éclosion du cosmos jusqu'à cet instant opportun de la pénétration de l'ovule par le spermatozoïde, et vice-versa, de la pénétration de l'ovule par le spermatozoïde jusqu'à l'éclosion de l'univers. En neurologie, on nommait cette sensation féminine cruellement éphémère, un orgasme : la saisie fugace du réel, ou la pensée de toutes choses.

    De la bouche démesurément ouverte de Tom sortait le rugissement épiphanique d'une bête : l'animal humain. Tom voyait la pleine décharge de foutre se répandre comme une traîne lactée à l'intérieur de la matière noire, matrice où flottaient les os du squelette de Chrysis. Celle-ci, immergée dans la jouissance, exhalait l'odeur âcre de la terre mouillée. La verge, en détumescence, dégoulinait. Les phalanges d'une des mains de Chrysis s'enfonçaient loin dans la ténèbre humide de son entrejambe. Plaisir à la répétition. Houle muette des os du bassin. Chrysis vocalisait et palpitait.

Dans sa vulve, le courroux devient plaisir,
La violence devient danse,
La souffrance devient jouissance,
La fièvre devient fête,
La haine devient désir,
La mort devient amour,
Le corps devient cosmos,
Le chaos devient étoile,
Le sexe devient cosmogonie.

En contemplant le squelette de Chrysis en train d'onduler sur le lit à coucher ensauvagé, Tom était saisi d'un vertige : il avait le sentiment étrange d'une impuissance complète. L'orgasme pléthorique qui se dépensait devant lui était ineffable. D'une irrécusable étrangeté, il ne pouvait qu'être contemplé. Le noir, d'une densité infinie et qui contenait le squelette ondulant de Chrysis, paraissait mesurer des années-lumière, tout comme cette profonde obscurité qui enveloppait la chambre du jouir. Le ventre, l'antre, l'engloutissement, là où vibrait l'écho de la nuit des Temps.

2

Peut-être au lever du jour, en regardant le trou d'obscurité totale au-dessus du lit à coucher, puis en baissant les yeux vers Chrysis allongée sur le dos, les jambes écartées sur une *fontaine vivante* se répandant en chaleur mouillée parmi les débris du crucifix et les taches de sang menstruel séchées, Tom se sentait traversé par le trait d'un violent excès de lucidité, lequel lui ouvrait au plexus une angoisse incarnée sous la forme d'une femme ne portant pas de visage, et qui marchait sur le fil du rasoir dans une allée bordée de tombes millénaires, fissurées et ornées de crucifix recouverts de mousse verte – au tréfonds de laquelle des rangées d'insectes se battaient à mort. Alentour, il y avait des milliers de tombes, certaines chamboulées par la houle du terrain spongieux. La femme – en monstration – grande, mince et aux longs membres, ressemblait à une fine et souple bête domptée, chaloupant impétueusement sur ses talons aiguilles qui l'avaient tirée de son ensauvagement pour la domestiquer en la fixant sur le socle commun, sexuellement et socialement en ordre. Les aiguilles d'acier chromé frappaient avec virilité le sol, parsemé de-ci de-là d'excréments d'animaux déposés sur de petites pierres, telles des statues d'idoles sur leurs socles. La femme sans visage dissimulait le réel en portant un legging Pandora cuir stretch noir, fermeture Éclair sur le côté, taille ceinture élastique, effet sculptant. Il était comparable à une seconde peau, comme son col roulé en cuir chocolat qui lui magnifiait sa poitrine, dont les mamelons saillaient telles des pointes d'acier. Elle mesurait 1 mètre 78, pesait 52 kilos et portait une taille 36 pour l'ensemble. La croupe spéculaire, en forme de télésphère, reflétait, telle une mire, les traits de lumière du monde consensuel. Le mouvement très martelé des talons aiguilles vacillants – au bord de la cassure – évoquait celui d'un coït, frappé au coin du signe sodomite, qui venait s'actualiser peu à peu sur la houle silencieuse de la croupe, dangereusement suspendue au-dessus des jambes fuselées toutes de cuir noir mouillé. À l'insu de son plein gré, la femme tortillait avec une énergie farouche son cul, tombeau de toute une partie de l'humanité sur lequel était gravé en langue universelle : MAKE ME CUM. Un désir noyé dans la nuit, d'où retombaient de façon continue de la suie et des cendres. La femme sans visage marchait sur le Pont de Marie, édifice de fiction sous lequel la Scène charriait à la fois les déjections humaines, ainsi que les ordures et les pluies incessantes qui entraînaient radionucléides, cendres et toutes sortes de substances chimiques. Éperonnée comme dans le lit à coucher par la crainte de ce qui la poursuivait – la mort – elle se réfugia dans une vaste caverne des Temps Modernes, où des Ombres humanoïdes s'animaient sur des épitaphes pornographiques : YOU LIKE TO FUCK – YOU SHOULD CUM – FUCK ME HARD – TURN THAT ASS – CUM FAST – NATURAL SPERMA FLAVOUR – YOUR BUTTERFLY ASS CHARMING AND PITIFUL – Ô BABY YOU'RE A WHORE … Cette dernière épitaphe glissait sur les rondeurs du corps de cuir de la femme, laquelle dégageait un parfum de luxe capiteux qui traçait tout autour d'elle une frontière, celle du monde de la Puissance qui lui avait donné naissance (chaque milieu social façonnait sa femme-type avec son label discriminant allant du prosaïque à l'idéal, du trivial au sublime, du porno au sacré). Ainsi laissait-elle dans son sillage un goût amer. Impossible de l'atteindre. Impossible de la prendre. De l'avoir. De la posséder. De l'appréhender. Elle était d'un autre monde, d'où elle ne pouvait voir celui qui la matait pour ce qu'elle était : un *faire-valoir*, une *femme-statuette* qui portait le signifiant *phallus* comme signe de puissance, de pouvoir, de situation – pour celui de *son* monde qui avait le privilège de *la* posséder. Sous les regards sagaces son cul dégravitait fort : il objectivait cette femme comme incapable de chier, de saigner, d'accoucher. Elle était une puissance et non une personne. Une puissance pouvant se déployer selon les attentes de celui qui l'honorait dans le lit à coucher. Son cul était orné d'un beau voile socioculturel *sexy* pour détourner virilement le fait qu'en tant que femme elle avait à voir avec le *fascinus*, puisqu'elle *fascinait*. Voiler les femmes d'un beau costume *sexy* ayant à voir avec la *jouissance phallique* pour dissimuler que c'étaient elles qui avaient le *fascinus ;* pour neutraliser la toute-puissance de leur *Jouissance Autre* ; pour qu'elles séduisent les hommes, puisque modelées à leur image phallique. D'où l'institution cultuelle de la sodomie pour castrer la femme de ce que l'homme n'avait pas : le *fascinus* ; pour modeler à la femme sans visage un rictus abominable escamotant ce que l'homme n'éprouverait jamais dans sa chair : l'*orgasme* ; pour dénommer à travers la *femme-statuette* plurielle le même dieu : le *phallus*. Le caractère exclusivement mâle de la sodomie soulignait qu'il n'était pas sexuellement permis aux femmes de participer, ni de faire partie de la communauté des hommes surdéterminés par la sodomie comme animaux non castrés. On rapporte que certains auraient même vu dans la sodomie un rituel sacrificatoire, où la femme était la bête et l'homme le sacrificateur ; où l'anus embroché était la métonymie des viscères divinatoires, de la mise à mort, du découpage en plusieurs morceaux sur le lit à coucher établi comme autel, et la répartition des parts d'un côté pour les hommes, de l'autre pour Phallos, toujours grand, toujours roi, qui EST pour l'éternité. Reconnaître et honorer Phallos, c'était l'inscrire dans les coutumes d'un groupe qui l'accueillait.

Peu à peu, Tom comprit qu'il avait accepté de suivre sur le fil du rasoir cette angoisse incarnée sous la forme d'une femme sans visage pour filmer son holocauste. Avec sa caméra en acier érodé, il pouvait la cadrer en train de se faire prendre parce qu'elle était son refoulé. Il voyait son reflet d'homme-caméra dans les grands yeux sans visage dilatés par l'effort physique. Il était comme encagoulé par l'oculus globuleux de la caméra. Le masque du lâche. Il dévorait la femme image par image. Il lui prenait tout. Il l'avalait pour se l'assimiler tout entière. Pour lui, une caméra, c'était normalement fait pour filmer l'Imaginaire, donner corps à l'Imaginaire en le filmant comme de la pulsion. Rien d'autre. Là, maintenant, c'était juste un acte mécanique de dissociation : impressionner – image par image – l'empreinte fossile d'un événement ayant bien lieu sous ses yeux, sur une femme pliée à quatre pattes pour faire table après lui avoir fixé un plateau de verre sur le dos. Le sujet étant fondu dans le meuble qu'il était censé être, n'existait plus. On n'avait d'yeux que pour la prodigieuse surabondance d'énergie en train de se déployer sur ce meuble humain. Tom se rendait compte qu'il tournait ces images pornographiques comme un film catastrophe : il suivait la femme sans visage s'abîmant dans l'inconnu et le vertige de la peur, et s'agitant, se tortillant, se convulsant comme si elle luttait pour sa survie, comme si elle cherchait à s'extirper des flammes, comme si elle ondoyait et chaloupait sous les violentes secousses d'un tremblement de terre. Haletante, en sueur, la peau halitueuse se marbrant de rouge écarlate sous les mains viriles pétries de pulsions assassines, elle invoquait son ultime déesse en ne cessant de répéter « *Ô putain !* » Cette litanie agissait comme un exorcisme. Et plus la femme regardait Tom, plus il y avait de la folie dans ses grands yeux sans visage. Plus elle le fixait, plus il perdait le sens du cadre, plus il se diluait en sa beauté pornophanique, devenant cette femme sans visage, ressentant dans/avec son corps mâle la culpabilité d'être née femelle, pour ensuite devenir femme, ce champ de bataille des hommes. Des milliers de soldats nés pour tuer sortaient de chaque pore de la peau des deux hommes qui la prenaient en sandwich sur le meuble humain, telle la mâchoire spumescente d'une machine-désirante infernale, d'où jaillissaient des gerbes de sperme drues et cinglantes. Il s'agissait moins d'établir avec cette femme sans visage un commerce sexuel d'échange, dans la confiance réciproque, que d'écarter par un rituel d'aversion – la sodomie – des forces primitives, d'apaiser une puissance redoutable qui exigeait défiance, défense et précaution. La bête était ouverte : les sacrificateurs en extrayaient les entrailles. Tout autour de l'aire sacrée, les spectateurs tristes et blasés arboraient un masque d'hypnose collective, soûlés par les haut-parleurs amplifiant les sons explicites du corps femelle labouré par la violence animale sur le meuble humain. Les mots s'exhalant des deux bouches mâles et de celle de la femelle avaient trois zones d'appui : les lèvres, les dents et la gorge, auxquelles correspondaient le labial *Ô putain !* le dental *Salope !* et le guttural *Tiens !* Les filles, toutes phalloïdes dans leur legging Asteroïd stretch chocolat, avaient jalousé la femme en la qualifiant d'épithètes grossières. *Garce ! Chienne ! Coche !* Les hommes, dans leur costume-cravatte noir de sous-chef cauteleux du Privé, étaient restés pétrifiés comme des monuments au manque dressés jusqu'au plus haut.

Maintenant de nouveau revêtue de son legging Pandora cuir stretch noir, qui lui galbait des fesses rondes comme des couilles luisantes – une manière de métaboliser la loi du 26 brumaire an IX de la République interdisant aux femmes le port du pantalon – la femme sans visage, ayant retrouvé son vrai corps, avec toutes ses vraies particules de chair, toisait Tom de sa haute taille, en prenant la pose altière

de la bête habituée à être l'objet d'un culte. En la voyant se substituer peu à peu à son cul de cuir mouillé, le désir refoulé de Tom se révélait du plus profond de lui-même : être et avoir cette *femme-statuette* qui, se vautrant dans la jouissance du faire-valoir, se dévoilait structure phallique du monde consensuel. Une stratégie de la séduction en érection perpétuelle. D'une voix dure, elle lui disait ces mots *anglobal* :
— My name is Splanchna… Fuck me like a whore… How do you think you would last? It's now cum countdown, good boy! How much can you ejaculate for me? How much?

Tom la regardait à travers la métonymie de sa puissante croupe qui s'éloignait lentement parmi d'autres femmes asservies et procédant par la fellation à une vaine tentative de réduction de la différence homme/femme, tenant le phallus incandescent pour une sorte de thaumaturge, pieu auquel elles étaient liées, pivot de leur réification. Il voyait leurs visages brûlés et presque rouge de feu se couvrir tout soudain d'éclaboussures de sperme. Leurs paupières fribrillaient sur leur regard de bête traquée. Dans cette Caverne des Temps Modernes s'exprimait une sexualité non dualiste, où l'homme effaçait, neutralisait à coups de reins le féminin. Un culte expiatoire qui éloignait du réel, cette part sacrée et vivante du sexe qui coulait encore dans le sang des femmes, ces inadaptées du corps social dont l'ordre n'était pas celui de la nature, mais celui de l'art humain : la loi et l'éducation imposaient leurs propres mesures des choses. En adoptant un point de vue conventionnellement utile et salvateur, ces hommes et ces femmes dans la Caverne se créaient un *simulacre*, un *consensus* effaçant ainsi toute réalité objective. Ils croyaient voir. Ils scintillaient. Tel un miroir renvoyant ce qui provenait de nous, ils étaient tous en train de projeter un *simulacre* qui provenait d'eux, engendrant une image phénoménale qui allait se rassembler à la surface de l'œil humide. Ainsi, dans cette Caverne des Temps Modernes, aucune perception de qui que ce fût n'était possible en dehors de la rencontre d'un *simulacre*. Ce *simulacre* du consentement était donc la seule chose que chacun pouvait appréhender, ne voyant pas ainsi le fait crucial suivant : le viol. Tous ces faux-semblants *fémininmasculin* n'étaient que corps intermédiaires entre l'objet vu et l'œil qui voit, et où le *simulacre* se formait par opination, sinon l'homme ne verrait pas un animal dans la *femme-statuette* ; et l'homme ne verrait pas une chose consentante dans la *femme-statuette* mise en état de produire elle-même le bon *simulacre* salubre pour elle : la bête se donnant au sacrificateur. Ainsi Tom affrontait sa propre indignité : ne pouvant pas voir derrière le *simulacre* du consentement la femme refusant d'être violée, il éprouvait dans sa propre chair la haine, l'envie et la jalousie, pour pouvoir produire, à partir de lui-même, un *simulacre* compatible avec la trame fantasmatique de cette comédie sociale. Et lorsque Splanchna, la femme sans visage réduite à son cul semblable à une cible, disparut dans la pénombre fuligineuse, Tom comprit douloureusement que le sujet social se révèle à lui-même dans la vérité de son désir. Cette silhouette surmoïque, enchâssée à un concept – le phallus –, lui avait montré qu'il était un homme-sans. Elle circonscrivait ce qui lui faisait défaut. Car, en société, avoir le *phallus* c'était avoir la *femme-statuette*, telle une amulette garantissant le va-et-vient perpétuel entre Puissance et Pouvoir ; Dividendes et Optimisations ; Érections et Éjaculations… Prisonnier de son héritage culturel et cultuel, Tom n'avait donc pas eu d'autre choix que de tenter de vivre dans une relation spéculaire avec une *femme-statuette*. De faire face à la violence de son corps-objet en monstration phallique. Et de la ravaler dans le lit matrimonial à une valeur ajustable, pour qu'il y eût continuité entre la victime immolée dans le lit et la *femme-statuette* à laquelle cette victime était substituée. Mais maintenant qu'il avait osé franchir la porte noire de la nature, il savait aussi que derrière le spéculaire, l'organisation conceptuelle, sociale et politique, il y avait le réel, contre lequel on ne pouvait rien, réalité mouvante où se cachaient le sexe et la mort, forces indissociables formant une dyade où s'exprimait un conflit, lequel gouvernait tout, régissait tout, puisqu'il contenait le principe et la cause du cosmos, le mouvement lui-même : la *Jouissance Féminine*.

En regardant vers le trou d'obscurité totale au-dessus du lit à coucher, Tom constatait que même la matière inorganique jouissait. Il voyait que *ça* vivait. Cambré sur Chrysis – elle fixait sur lui un regard objectivant –, tendu en elle, dans le ventre de la lutte, il entendait le claquement sonore de leurs deux corps retentir en un palimpseste de sons qui répercutait des échos, juxtaposant le prosaïque et le trivial, le biologique et la chair vivante. Éperonnés tous les deux par la crainte de la mort qui les pourchassait jusque dans le lit à coucher – crainte immémoriale engrammée dans les molécules d'ADN – Chrysis et Tom, sur le fil du rasoir, coïtaient sans trêve, se donnant et se dévoilant l'un à l'autre sans équivoque, tel un essai clinique sur la représentation de leur différence. Le fantôme de la vérité hantait la houle de leurs corps. Le mouvement mâle s'opposait au mouvement femelle, et inversement, mais aucun des deux ne prenait le pas sur l'autre. Se tenant au plus près de la nature, à son écoute, Chrysis et Tom coïtaient avec une énergie farouche, sans cesser de concevoir hors d'haleine l'étant par la *Jouissance Féminine* – car rien d'autre n'existe.
Les lampes à figures rouges faisaient danser des petites flammes dans leurs yeux. Les figures représentaient des Amazones héroïquement nues combattant des hoplites également héroïquement nus. Une Amazone aux cheveux

roux, jambes et bras tatoués de motifs représentant un cerf, des soleils, des étoiles, des points et des lignes ondulantes, bandait son arc. Elle devait lâcher des traits mortels. Le même arc qui faisait mourir, la faisait vivre.

Ils ne sont pas dans le lit à coucher
Pour embellir le sexe,
Pour escamoter la violence de leurs corps,
Cela serait un mensonge ontologique.

Ce qui s'étreint dans le lit à coucher
N'a pas d'âme, de spiritualité,
N'est pas régi par la Providence,
Mais par une nature d'atomes charnels.

Sur le lit à coucher,
Dans l'osmose de liens puissants,
Les corps accouplés descendent
Là où la vérité est immanente.

Le sexe, c'est la structure.
La structure, c'est le réel.
Le réel jouit de partout.
Le jouir est jouir le monde.

Enceinte dans la convulsion, mouvement impétueux devenant sans cesse autre et autre, Chrysis appréhendait hors parole l'étant présent étant présent. Face à face au *il y a* : Du sperme jaillissant du méat dans une giclée de lumière coruscante qui l'inondait, tout comme sa source millénaire, faisant image dans les yeux humides de Tom, inondait la scène ondulante du lit à coucher en plein lumière crue et cruelle.

3

Du noir fuligineux émergeait petit à petit le visage animal de Chrysis. Visage convulsé aux yeux fascinants, d'une irrécusable étrangeté. Elle était en fièvre. Empreinte d'une obscénité cynique, dure et péremptoire. Pas de doute, elle jouissait. Ça jouissait en elle à fond. Son corps, elle le jouissait. C'était réel. De sa bouche grande ouverte, s'exhalait, sur la cassure de la voix, une vérité toute contenue dans un grand cri aigu et prolongé exprimant la complexion du vivant en croissance. Loin des mensonges, de la duperie, de la poésie, de la fiction, de la lumière pornophanique d'un modèle vivant, en retrait absolu de la signification, du concept et de la transcendance, avec une hardiesse immodérée Chrysis était à l'endroit interdit, là où se structuraient les détails grossiers du réel. La nudité froide du visage épiphanique était exubérance, présence charnelle véhémente. Le cri de la vérité – cette origine sorcellère du langage – était transfiguration et amoralisme absolus.

D'une farouche dureté du regard, Chrysis fixait Tom. Elle avait l'iris lapis-lazuli en forme de grande dentelle, tel un vestige gazeux de l'éclosion d'une étoile en supernova. Tom sentait tout contre lui la houle et les convulsions du corps de Chrysis. C'était là, en ce corps éhonté, qu'advenait le réel de la jouissance et que celle-ci atteignait la figure même du réel. Cette jouissance Autre – anomale – était dans le réel. Impavide, c'était là que Chrysis allait en jouissant. Loin. Très loin. Et cette jouissance Autre, cette sécrétion du monde, Tom commençait à en ressentir le brûlement, à la ressentir palpiter dans son ventre, puisqu'il osait, résolu, se perdre, comme une femme, en se laissant aller au mouvement ondulant de la main de Chrysis glissée sous elle pour atteindre l'*objet-petit-clitoris*, minuscule ombilic contenant l'énergie du cosmos, la *Jouissance Féminine*, origine du monde que Chrysis et Tom proféraient de leurs voix rauques et vulgaires, mêmement frappées d'un rythme anapestique haletant. Énergie brutale qui les traversait comme une affirmation de la vie mort vie ; comme une offrande. Le mouvement agile de la main sur l'*objet-petit-clitoris* englué de mouille était structuré comme un message. La violence désordonnée de la chevelure lumineuse accompagnait le balancement sauvage de la tête de Chrysis. Yeux vifs et bouche immenses traversés par la question de l'être. Chrysis avait le visage de l'étant premier : sexe et effroi au cœur du réel de cette île déserte des femmes, île cruelle et belle, où tout n'était que roc et poussière, mer et sable doré, où, le *mot* étant mort, s'enchevêtraient la beauté rude du geste salace séparé de la pensée, les chants ébréchés et les étreintes brutales durant lesquelles, les joues, creusées jusqu'au puit des lèvres fellatrices, se gonflaient d'air pour inséminer une autre femme d'un souffle transcendantal qui remontait des tripes.

  Les murs de béton cru résonnaient des seuls bruits incongrus d'une langue intempérante glissant au ras du réel d'une verge dressée à sa rencontre. Frontale, le regard impassible en dessous, Chrysis embouchait le sexe avec une force organique pleine d'audace. Comme un "appréhender" à la fois tendre et cru. D'une farouche volonté de vérité, elle laissait le membre vernissé de crachats gras aller loin en sa gorge profonde. Le mouvement déterminé de haut en bas de la tête échevelée annihilait le présent. Une partie du futur du monde était en puissance dans le passé de ce mouvement : l'intensité de l'énergie de la *Jouissance Féminine* allait en augmentant avec le temps ; et dans plusieurs milliards d'années, cette intensité deviendrait alors tellement puissante, qu'elle finirait par désintégrer les galaxies, les étoiles, les planètes et enfin les atomes. Ce serait la *Grande Déchirure*. Une conflagration poussée jusqu'à l'ineffable. Une tragédie du monde toujours jaillissante... où venait bellement s'embraser une bouche gourmande, tout enhardie par le sperme devenant peu à peu pulvérulent, avec l'odeur et le goût âcre de la terre mouillée. Le visage de Chrysis était un paysage sauvage, où Tom pouvait percevoir ce qui existait indépendamment de l'Homme. Sous la pulpe de ses doigts s'enfonçant dans la chevelure aux boucles de feu, Tom sentait l'os du crâne, en dessous duquel il devinait la folle activité électrique pénétrant le socle ontologique de la dynamique sexuelle des pulsions, du désir et du plaisir-orgasme de Chrysis – qui avalait la vie la mort.

À travers le regard lucide de Chrysis, Tom comprenait qu'il ne pouvait plus dire que vouloir la vie était *volonté de puissance*. La Puissance avait fait son temps. Elle avait été *volonté de néant*. Le cosmos, dont l'*objet-petit-clitoris* est une partie, est *Jouissance Féminine*. La *Jouissance Féminine* est infinie. Elle est principe et élément, cause efficiente et motrice qui meut l'Univers. Elle est mouvement éternel qui engendre les atomes, et ainsi devient air, eau, feu, terre... La *Jouissance Féminine* est en chaque chose. Tout en provient. Tout y retourne. Elle ne se dévoile que dans le cri de la vérité. Elle est en dehors et dans le temps. Elle est en dehors et dans le Tout. Elle est le principe qui tient le Tout, lui insuffle son existence, l'anime et l'organise. Immanente, elle est Tout et Rien qui meurent chaque jour, se régénèrent dans la nuit, pour le lendemain remonter au jour.

Le lit à coucher grinçait silencieusement, comme une promesse d'émancipation radicale : S'affranchir de la narration, de la fiction, du mimétisme socioculturel où chacun cherchait à imposer son petit ego à la masse. Se délivrer des croyances de la collectivité. Sortir de la ritournelle du subjectivisme sociologique pour emprunter le chemin ardu de la vérité nue. S'échapper de la parole spéculaire pour accéder à l'essentiel : le cri de la vérité. Tomber les masques de la fiction des corps pour être simple devenir et vivre l'angoisse aiguillonnante de la liberté d'être dans un monde imprévisible et animé, où il y a une force organisatrice en toute chose : la *Jouissance Féminine*. Le lit à coucher comme une promesse de déshabiller l'âme du corps souffrant, et de se mettre au ras du réel, afin d'écouter la fureur du chant ébréché de la *Jouissance Féminine* : le *logos* du monde.

Les corps enflammés de Chrysis et de Tom persistaient dans la recherche d'une concorde discordante : le *sexe-objet-petit-clitoris* s'appuyant sur une clinique du réel. Ils copulaient non par vice, mais selon la nécessité fatale. Tous deux pareils à la flamme, Chrysis était tout entière, des pieds à la tête, consumée par le feu. Son corps frémissait d'une houle muette. Ce qui coulait d'entre ses longues jambes fuselées était le résidu de la mer des origines, laquelle avait été le résidu de l'humidité primitive. Tom coïtait une *belle Sapiens-hantée-par-sa-fin*, au corps athlétique constellé d'éphélides. Chrysis coïtait un *beau Sapiens-hanté-par-sa-fin*, au corps rustre aiguillonné par le plaisir féminin, auquel Tom pouvait participer puisqu'il osait l'éprouver dans sa chair. Ensemble, ils formaient une unité indissociable, une dyade où s'exprimait un conflit organique, vérité fondamentale du monde tel qu'il est en soi. Ensemble, ils poussaient le cri propre à leur espèce retrouvée : le rugissement d'une bête en osmose avec sa chair vivante… une belle bête féroce, lascive, impudente et impavide… au-delà du bien et du mal…

4

À l'ombre de Tom, se trouvait *objet-petit-clitoris*. Chrysis – elle cherchait à jouir – avait écarté ses longues jambes fuselées pour lui en faire don, lui offrir la possibilité de cueillir cet *objet-petit-clitoris*. Le prendre en garde. Alors, Tom se glissa entre les jambes de Chrysis pour aller à la source revisiter ce qui lui manquait, aller à la recherche de la vérité de son désir. Longtemps, il avait serré entre ses dents l'*objet-petit-clitoris*, sentant sur la pointe de sa langue le velouté délicat de cette île minuscule, où il devrait par la relation sexuelle et non sexualisée atteindre la vérité du sujet pour être accepté par ces femmes subtiles qui peuplaient cette île depuis la nuit des Temps. Mais… Tom se sentit tout soudain très à l'étroit dans son désir de recroire à cet *objet* qui lui manquait… Atteint brutalement d'une rechute de mélancolie, Tom ne pouvait plus toucher Chrysis sans entendre le martèlement d'un marteau sur un clou, sonorité fantôme d'où jaillissaient, par intervalles de frappe, tantôt l'image d'une crucifiée vernissée de sang, tantôt l'image d'une femme brûlée vive, le montant du crucifix se confondant peu à peu avec le bûcher en flammes, *agalma* phallique s'enfonçant dans la fêlure de l'anus du monde. Tel du sang noir, la merde ruisselait sur la croupe de Chrysis, bellement sphérique, et d'où s'élevait le monstrueux champignon atomique Trinity d'Alamogordo, dont la force et l'énergie dégagées avaient l'aptitude à faire jouir l'homme d'un point de vue phallique : « Good boy ! Show me how much you can ejaculate for me ! » Et le *ça* submergea le monde. Médecine, science et technique allaient s'emparer des corps, et surtout des corps reproducteurs des femmes. Effacement radical de la différence femme/homme, aboutissant à la naissance d'un monde inhumain qui n'aurait plus rien à voir avec l'animal-humain. Un nouveau sens commun spéculaire, sous la forme d'une réalité psychotique dans laquelle les *monstres narcissiques* transhumains seraient englobés : l'Un atomique, fini et limité, sans mouvement ni repos, sans discontinuité ni vide, et éternel.

Tom fixait sur Chrysis un regard sépulcral. Il se sentait menacé dans les fondements de sa structure mentale. Pouvait-il échapper à l'illusion de son moi, de son identité, de sa *situation* sociale, de la sexualité contondante ? Pas sûr... Doucement, il dérivait sur les bords extrêmes du temps. Son haleine nuageait dans l'air froid au sortir de sa bouche entr'ouverte sur la peur. Cette chambre à coucher, tous ces grains de poussière en suspend dans l'air, ce corps de femme exhalant la sueur et le sexe, tout, un jour, allait disparaître irrémédiablement. Et cet *objet-petit-clitoris*, *objet* essentiel pour le développement de la connaissance, pour une révolution cognitive, pour proposer une structure conceptuelle complètement neuve, pour sortir de la guerre comme structure fondamentale, c'était aussi un *objet* rebelle, se dérobant sans cesse, intolérant à tout *a priori*, une aventure heuristique où tout ce que Tom découvrirait par le sexe ne serait jamais définitif, mais absence radicale de certitudes, changement perpétuel, un effondrement, comme après l'orgasme, où l'on se laisse aller à l'oubli de ce que l'on n'aurait pas dû voir et entendre. Demeuré frappé du trait de la lucidité, Tom avait posé sa main droite sur son plexus, là où il ressentait une douleur obsédante lui ouvrir une angoisse sous la forme d'une femme, portant le visage de Chrysis, et en train de se rapprocher lentement de lui.

— Je vous désire, et même pire : au-delà du bien et du mal, lui murmurait-elle.
— Qui êtes-vous, Marie ? lui demanda-t-il.
— Lilith... lui avoua-t-elle.

— Je croyais que l'amour me sauverait...

— Pas l'amour, idiot, mais le *sexe* ! Et pour cela, il faut du courage.

— Parce que... vous l'avez, vous ?!

— Non ! Enfin... pas toujours... Le sexe, c'est un *work in progress*. C'est difficile, et dangereux. Comme le réel, c'est imprévisible... Mais je m'en fous. Moi, je me contente de vivre ce réel – qui jouit tout le temps et de partout – par le sexe. Foutre, quoi ! C'est direct ! Et j'aime ça ! I love it ! Allez ! On va tous mourir, et il est peu probable que Sapiens soit encore dans les alentours dans un millénaire. On ne battra pas le record d'*Homo erectus* qui a survécu deux millions d'années. Allez ! Good boy ! Come to me !

Délicatement, elle souleva cette main crispée de Tom afin de lui dégager le plexus. Elle se pencha pour déposer sa bouche sur cette zone sensible, lécha la peau, puis y enfonça ses dents chevalines pour l'inciser. La forte pression de la bouche de Chrysis et son haleine chaude apaisaient Tom, effaçant peu à peu, en laissant circuler l'air, l'effet de pesanteur qui l'oppressait. Chrysis redressa la tête, glissant sa langue gourmande sur ses lèvres toutes vermillonnées de sang. Doucement, elle guidait la main de Tom pour la glisser dans l'entaille qu'elle venait de faire, sous la peau du plexus, invitant ainsi Tom à aller retirer cette chair qu'il avait de trop au niveau du cœur. Les doigts s'enfonçaient sous les côtes. Tom fouillait, découpait, sectionnait... du bout des ongles... et il retira un petit morceau de chair, d'un velouté délicat. Il sentait que ça vivait, que ça se redressait, devenait raide, dur et gonflé. Émergence organique d'une île sauvage ? Une légère vapeur s'élevait du sang chaud. Voyant que Tom ne se sentait guère mieux, Chrysis descendit du lit à coucher et alla dans le cabinet de toilette. Elle ouvrit son petit sac rebrodé d'or, et y enfonça profondément une main...

Ressortant du cabinet, une pierre spéculaire à la main, elle remarqua que le sang coagulé contre la baie vitrée commençait à s'écailler de-ci de-là, laissant apparaître des traits de lumière crue. En apercevant la noirceur glaciale de la chambre à coucher se découper tout autour du corps glorieux de Chrysis, Tom saisissait amèrement la vérité immuable et parfaite qui sous-tendait son désir de copulation : les petits seins fermes, la puissante croupe sphérique, la subtile tension musculaire des fines chevilles, le balancement de la chevelure indisciplinée et couleur de feu, la vulve mouillée et odorante, le sillon interfessier musqué, la pilosité, la cellulite, la sueur, toute cette part de vérité anatomique créait un jeu sans fard avec ce qui faisait retour dans le désir de copulation, telle une double scène sur laquelle s'infiltrait la superprédation institutionnalisée – mais où la femme et l'homme, après le temps de la défiance et de la guerre, uniraient dans la copulation dualiste peur et désir, haine et amour, passif et actif, féminin et masculin, différence sexuelle, vie mort vie, pour en faire un palindrome gigogne. Une révolution organique, une sublimation biologique s'interposant à la volonté de néant : l'infinie jouissance sexuelle de l'être.

Chrysis remonta sur le lit à coucher. À califourchon sur Tom, elle enfonçait une main dans les profondeurs du plexus solaire, pour en extraire le cœur, qu'elle alla aussitôt jeter dans la cuvette en acier inoxydable des toilettes, avec le petit morceau de chair – trace fossile de la femme *mal* aimée que Tom avait été à l'aube du monde. La chasse d'eau sifflait comme une sirène ! Derechef à califourchon sur Tom, d'une main impérative, Chrysis venait d'enfoncer dans sa vulve trempée la verge toute ruisselante de salive. Elle tenait contre son ventre la pierre spéculaire. Celle-ci réfléchissait le clair-obscur des lampes à figures rouges. S'abandonnant à la houle muette de ses puissantes hanches, Chrysis chantait à l'envers la fureur de vivre des étoiles expulsant dans l'univers les molécules qu'elles avaient synthétisées durant leur longue existence. Et sous le rythme amoureux du va-et-vient sur la verge dressée d'entre les jambes de Tom, et plantée droit dans la vulve béant son invite, Chrysis enfonçait, par à-coups, sous le plexus, la pierre qui lui renvoyait son image spéculaire hantée par le mouvement du coït unissant la lutte des contraires femme/homme. Un ajustement invisible. Une harmonie, sur fond de précarité. Petit à petit, l'image spéculaire de Chrysis saisissant cette lutte des contraires dans le sexe même, se diluait dans la chair et le sang de Tom. Celui-ci était fasciné par la blancheur de la peau constellée d'éphélides, comme un ciel profond en image négative l'invitant à une odyssée stellaire, où après un long périple par-delà la porte des étoiles, il se retrouverait dans le réel inquiétant d'une chambre à coucher aux dimensions et au décor non euclidiens, face aux longues jambes fuselées de Chrysis écartées en V, exhibition naturaliste outrancière d'une mince fêlure dans le tissu du monde, bellement entr'ouverte sur le noir le plus noir, noir d'une crudité animale qui l'attirerait irrémédiablement, comme une force organique, face à l'étant sphérique comme une croupe féminine enveloppant la maison de l'être, où un cœur palpiterait doucement, persisterait dans son immanence : un sexe mâle emboîté dans un sexe femelle, et dont le mouvement incessant de va-et-vient provoquerait, sur le lit à coucher drapé d'un majestueux lavis vert, l'expansion infinie de cette sphère de l'étant.

Les grands yeux de Chrysis fixaient Tom. Elle avait l'iris lapis-lazuli en forme de dentelle utérine. Elle avait posé sa main à plat sur le plexus en sang. Elle donnait des coups de reins brutaux, mélange de force et de candeur, montant et descendant avec grâce au long de la verge qui avait l'aspect sauvage d'un tronc d'arbre millénaire. De son grand corps léger tout en sueur, Chrysis recouvrit Tom, laissant libre cours au mouvement obstiné de ses larges hanches pleines d'alacrité. Elle léchait, comme un animal, la plaie pour la cautériser. Elle enfonçait ses dents chevalines tout au long de l'entaille, pour la refermer. Le sang chaud giclait par petites saccades sur ses joues toutes parsemées d'éphélides. Elle grognait, tandis que ses dents traçaient sur le plexus une trame serrée dans laquelle de multiples sillons sanglants se croisaient et se recroisaient de façon synchronique. Tom sentait comme une cascade d'eau parcourir tout son corps. Et il entendait une partie du chœur des femmes enceintes mimer des sons animaux étranges et inconnus, des espèces nouvelles, ou bien des espèces auxquelles il n'avait jamais prêté aucune attention, qu'il n'avait pas osé regarder en face, qu'il n'avait pas su voir, parce que libres, éperdument. L'autre partie du chœur imitait tantôt le vent, tantôt la pluie et le tonnerre. Sur la baie vitrée, le sang coagulé tombait en petits morceaux, libérant une lumière blanche irradiante. La pluie venait frapper la vitre avec fracas, brisant les lignes des tours dont les façades grêlées et lézardées étaient recouvertes d'une végétation luxuriante. Des volatiles noirs s'échappaient des fenêtres brisées. L'eau irisée ruisselait sur les murs de béton de la chambre. Chrysis était trempée de fines gouttelettes toutes chatoyantes. La chevelure rouge sang s'écoulait d'eau lourde et lente devant son visage et sur son dos cambré. La houle de ses hanches trempées rythmait la pression de ses mains posées à plat sur le plexus solaire de Tom. Par moment, elle prenait soin de lever haut son derrière pour sentir la froidure de l'air empestant la sueur et le sexe sur son anus, auquel répondait le trou d'obscurité totale au-dessus du lit, trou d'un noir velours mystérieux, comme le ciel profond, comme les entrailles humides d'une grotte, comme les confins les plus extrêmes d'un esprit en escalier concave et convexe, là où ce petit roman était réellement né par une nécessité immanente.

5

Le jour tirait à sa fin, et sa belle lumière purpurine s'étalait sur le lit trempé, au centre duquel étaient enchevêtrés comme des racines les corps humides de Chrysis et de Tom. Deux haleines gémissantes. Toute la chambre résonnait de chants d'oiseaux inconnus ; de cris d'animaux invisibles. Sous le poids de l'eau, le plafond lézardé tombait en écailles gris cendre sur les corps couchés côte à côte sur le flanc, une jambe de Chrysis par-dessus la hanche gauche de Tom. Bouche haletante sur bouche haletante. Langues spumescentes agiles. Congruence des salives. La verge allait et venait dans la vulve. Un mouvement continu, d'un sauvage aspect, comme le ressac toujours recommencé de la mer, que la croupe luisante de Chrysis figurait, houle silencieuse qui ondoyait sous la nudité sans origine, ni fin. L'eau ruisselait de partout. Elle tombait à touche-touche sur les corps enchâssés bouche contre bouche, sexe contre sexe, *agalmata* s'entrechevauchant, s'entremêlant et s'entrelaçant comme des brins d'ADN, comme des racines dont les profondeurs dans le sang de la terre étaient incommensurables. Lourde et lente, l'eau s'écoulait sur la vastitude de la croupe sphérique de Chrysis. Petit à petit, un *logos* s'inscrivait sur une fesse, comme tracé de l'intérieur et se détachant en clair sur le fond rougi de la peau d'orange tout en tension, tandis que la verge mouillée allait et venait avec plénitude dans la vulve fontaine, d'où jaillissait fugitivement un liquide limpide. L'anus se plissait par intermittence comme une bouche d'ombre, dont la noirceur dissimulait la conscience de la mort et son indicible odeur. Le *logos* du monde se traçait au fil de l'eau qui parcourait toute la sphère de l'étant. Un *logos* en retrait de la pensée et du langage, au cœur du réel en lequel le corps était tout entier existence.

Les yeux fermés, Chrysis et Tom regardaient vers le même horizon : quelque chose de simple, d'une insoutenable légèreté, d'une obscénité cynique, avec pour prix une angoisse incontournable. L'un et l'autre en mouvement perpétuel vers l'essentiel : une réalité barbare ; oser se contempler ainsi. Œuvre d'art brutale, prosaïque, triviale et esth-éthique. Mais totalement éphémère, ne laissant de traces ineffables que dans l'être, toujours changeant, devenant sans cesse autre et autre.

Petit à petit la chambre se liquéfiait. Les murs de béton fondaient. Les corps enchevêtrés, contre-tendus d'énergie pléthorique – la complexion du vivant en croissance, en développement –, produisaient une figure animale nouvelle, constamment en devenir. D'une sauvagerie primitive. Chrysis, au ras du réel, se sentait tout enveloppée d'une végétation luxuriante, rude, mêlée de lourdes protubérances de sperme éclatant qui remontaient, lentement, des entrailles de la terre, où la verge allait et venait dans les lacs sacrés de la vulve. À rebours de ce mouvement toujours recommencé, Tom sentait s'éveiller en lui une jouissance Autre toute clitoridienne. Mordante, elle montait du ventre rond de Chrysis, et allait irradier tout son corps d'homme. Tout son être. Sa chair vivante.

De leurs bouches démesurément ouvertes sortait la voyelle ovoïde du cri d'une bête féroce : l'animal-humain. Tout autour d'eux, la radiance de la grossesse : le chœur des femmes enceintes. Chacune d'elles calait ses contractions sur les cris perçants et prolongés que lançait le couple irrémédiablement emporté par le courant de la vie, laquelle est évidence sexuelle. Toutes ces femmes accouchaient de toutes les parties d'un Tout dans le sang, la pisse et la merde… Tandis que le couple, face à face dans le Dire et le

Faire véritables, coïterait jusqu'à la mort du Soleil, et même au-delà…

Sur leur tombeau millénaire brillait encore cette épitaphe :

Je vous désire, et même pire, lui dit-elle.

(L'IMPOSSIBILITÉ D'UN) ÉPILOGUE

Face à face avec le réel inévitable, déconcertant, imprévisible et angoissant, cruel et cru. Impression visuelle naturaliste la plus prosaïque, la plus triviale, la plus vulgaire : une femelle aux beaux cheveux, aux longues chevilles, à l'ample poitrine, aux larges flancs, l'air égaré, hors d'elle, allongée sur un lit flamboyant, les jambes longues et fuselées impudemment écartées, une main repliée sur une vulve fraîche comme une corolle, deux doigts gluants ondulant avec une élasticité naturelle sur le clitoris tumescent. Figuration froide, aiguë et précise d'une masturbation cruciale mettant en jeu tout le corps et laissant sourdre la vérité de cette source millénaire d'où giclaient de riches jets en flots abondants, fluide féminin transparent et éthéré qui emportait tout, telle une fontaine, au risque que toutes les choses qui meublaient le cosmos en perdissent la *Jouissance Féminine*, au point que les protons ne retiendraient plus les électrons, et que même les quarks se sépareraient... Et il n'y aurait plus rien du Tout, sinon Tout du rien de cette radicalité crue des longues jambes fuselées écartées en V d'une femelle qui coulait, dont les cuisses étaient mouillées, et que le lit s'inondait. Cette femelle désordonnante faisait de son sexe effrontément branlé, et béant son invite, une *théoria*, un spectacle donnant à *voir* et à *entendre* le cosmos, où le sexuel était en acte et était l'acte de rien, où la femelle, n'étant pas castrée, présentait la vérité sous des couleurs plus crues : la Méduse n'était pas mortelle et elle jouissait. Un cri dense comme l'en-soi. Et si l'homme lui avait tranché la tête, c'était parce qu'elle était tout simplement une vérité à la beauté fascinante : *in sexus veritas*.

Derrière les méandres hypnagogiques d'une abondante végétation lavis vert, prenait forme le visage écru d'une belle Sapiens, dont le regard lapis-lazuli fixait en un face à face impavide la vérité d'une nécessité immanente qui s'étendait tout autour d'elle. Elle était dans la présence permanente de toutes choses empreintes d'incertitude, de mystère et de menace. Seules l'attente, l'espérance et l'ineffable fontaine nichaient au fond de son vagin millénaire. Dans la crudité de la lumière, son grand corps mince, à l'ossature délicate, aux longs cheveux épars et aux petits seins pommiformes chevauchait un cauchemar de haine à muscles et verge manifestes. D'une main impérative, elle guidait le membre léger en elle, l'enfonçant au fond de son ventre en lequel bruissait la rumeur du monde sauvage, fini, périssable, régulièrement nettoyé par la prédation, et où le temps était une femme qui jouait pour rien avec son clitoris. Un soleil brûlant fendait les pierres qui claquaient d'un son mat par-dessus les gémissements du vent dans les cavités minérales. L'animé et l'inanimé respiraient et respiraient tout. La nécessité fatale régnait sur tout. Un réel stupéfiant, à l'haleine brûlante et à l'odeur enivrante. Un réel hostile et cruel qui couvrait tout. Même la peau couleur de rouille de la belle Sapiens et de son cauchemar de haine. Avec une ignorance animale, elle caressait son clitoris, accédant peu à peu à une connaissance vraie de la cruauté de ce réel, cette cruauté concordante discordante, discordante concordante qui produisait une peur animant la violence contre-tendue des deux corps entrelacés. Ils étaient *en* l'espace-temps de la peur du réel. La flamme invisible qui circulait dans le corps de la femelle tout empreint de convulsions, avait sa source dans le Soleil. Il n'y avait pas de différence entre elle et les rochers, elle et les collines, elle et les arbres, elle et le ciel igné. C'était le réel entier qui jouissait. Les doigts humides jouant sur son clitoris sculptaient comme une structure à laquelle s'accrochaient le squelette, puis la chair, les nerfs et le sang. Et les corps, pendus à cette structure d'enchâssement continu, oscillaient doucement au-dessus du vide. Schéma immuable duquel le vagin expulsait un liquide chaud, abondant et fluide, jaillissant en vagues, semblable à l'eau par sa transparence. L'immense flot de vie qui sourçait du corps femelle devenait sans cesse autre et autre. Un jaillissement quasi inépuisable. Le jeu des muscles sous la peau couleur de rouille de son dos faisait apparaître le dessin des mers et la forme des continents, lesquels se déformaient en ondoyant. Elle avait la respiration hachée. Des soubresauts agitaient ses longues jambes fuselées toutes trempées. Elle sentait son anus respirer, battre comme un cœur. L'éclatement de son visage aux traits rudes confirmait qu'elle partait à l'assaut de la *Jouissance Féminine*, le cosmos lui-même.

Ce mouvement martelé du corps de la femelle sur le cauchemar de haine, ces tordions du ventre et des hanches, ces ondulations de la lourde chevelure, ces oscillations obsédantes des seins pleins d'animalité, ces rebonds appuyés de la croupe ronde comme une sphère finie et continue, ces entrelacs tourmentés de la chair se vidant dans des torrents de mouille, toute cette complexion du vivant en éclosion croissante était en écho avec l'état originel d'indétermination et de désordre – le chaosmos – ; un résidu de l'humidité première ; un retour toujours recommencé du refoulé de toutes ces copulations immémoriales, de tous ces gestes salaces, de tous ces éternels retours du même dans la différence, de toutes ces réitérations de l'exploit des puissances originelles, de toutes ces recherches d'où et par quelle voie le monde était venu à l'être… Puis, comme un accouchement, sortait de la bouche féminine le cri de la vérité. Cri confus, barbare, sauvage et fracassant qui ne connaissait pas l'arbitraire du signe, mais qui était véritablement *acte* : le O de l'orgasme de la belle Sapiens englobait le monde en lequel se formaient le O du ventre rebondi, le O de chacun des ovaires et le O de l'utérus contenant l'infinie possibilité de l'être. Joyeux cri rituel proféré avec force. Monosyllabe qui effaçait les traces du ressouvenir génital de toutes ces copulations immémoriales : jouir – souffle philosophique authentique – c'était oublier. Ne restait que le désir infini, inengendré, immuable, toujours semblable à lui-même, un et plein, irrépressible exubérance qui pourchassait une proie inconnue et toujours changeante.

Une blanche écume, une fontaine de sperme – substance qui devait avoir puissance d'être ce qu'elle n'est pas : elle devient – fontainisait du membre, que la belle Sapiens avait en chair, non pas en songe. Avec les courbes et les spirales de sa salive, elle tressait autour de la ligne droite de la verge, à la fois mâle et femelle, des arabesques de veines couleur de vin. Le sperme dégouttait de sa vulve, dont les lèvres, d'un bleu mauve auroral, se refermaient doucement. Absorber la raison spermatique afin d'engendrer le cosmos humain.

Habitant l'espace sauvage, paysage empreint d'une férocité tout enveloppée d'un silence stellaire, sur les rives marécageuses du non-être, les femelles et les mâles prenaient la vie à la vie mort vie. Ils s'emparaient de l'angoisse de la liberté d'être, de l'audace du Faire et du Dire véritables, au risque de s'envoler chacun de leur côté...

Une partenaire, cela ne se quitte pas. Mais lorsqu'une partenaire veut quitter son partenaire (les femmes savent d'instinct que les bons amants sont animaux rares), celui-ci doit s'incliner, et faire de sa petite douleur une étoile qui danse, qui tournicote, qui se plie, qui se courbe, qui se déchire, puis qui éclot bellement en supernova. Jeu de l'esprit pour aller bien au-delà de l'aspect consensuel de l'objet du désir, lequel objet suggère mépris, jalousies, moqueries, flatteries, grivoiseries et mensongeries, et l'ouvrir comme une fleur carnivore pour peser l'arrière-plan qui y est déduit : roideur, humidité et buts inavouables communs.

Il ouvrit les yeux : la belle Sapiens était toujours là, dans toute sa magnificence brutale et barbare. Ob-scène. Échevelée. Un rameau de chair à la main. Il regardait le beau visage mutique, avec ses très grands yeux lapis-lazuli tout ronds et cette faille humide au milieu du front, comme une vulve vulgaire. Elle regardait le beau visage aux joues râpeuses, avec ses lèvres fines et ses grands yeux d'homme sourcier, en lesquels se reflétait l'image spéculaire d'une femme fontaine, une femme source, une femme rivière, une femme tour à tour torrent et cascade, dont le plaisir sexuel était ontique...

Et ils s'envolèrent... Vers le même horizon... Quelque chose de simple et d'essentiel... Une vérité crue... Une parodie de la course folle des spermatozoïdes grimpant vers le haut de la montagne féminine : le Tout... Et puis... Concevoir l'étant à partir de la *Jouissance Féminine*, car rien d'autre n'existe... Faire jouir l'homme d'un point de vue clitoridien... Trouver chez les femmes le plaisir d'une altérité infinie... Face à face...

SOURCES

Bibliographie :

Patrick Banon, *Il était une fois les filles*, Actes Sud, 2017.
Anthony Burgess, *L'homme de Nazareth*, Robert Laffont, 1977.
Hélène Cixous, *Le rire de la Méduse*, Galilée, 2010.
Empédocle, *Fragments*, Les Écoles Présocratiques, Folio essais, 1991.
Yuval Noha Harari, *Sapiens, Une brève histoire de l'humanité*, Albin Michel, 2015.
Élise Thiébaut, *Ceci est mon sang*, La Découverte, 2017.
Jacques Salomé, *L'effet source*, J'ai Lu, 2013.

Revues :

Ciel et Espace, janvier/février 2016.
Philosophie Magazine, Hors-série N° 19, *Les Mythes Grecs : Pourquoi on n'y échappe pas*, 2013.

Séminaires :

Freud/Lacan : Le Différend. Paul-Laurent Assoun, Collège International de Philosophie, 2017-2018.
Les cosmo-théologies érotiques. Cosmologies poétiques (V). Fernando Santoro, Collège International de Philosophie, 2017-2018.
Polythéisme grec, mode d'emploi. Vinciane Pirenne-Delforge, Collège de France, 2017-2018.

TABLE

Prologue	7
Première partie : *Diagnostic*	*9*
Deuxième partie : *Différend frontal*	*31*
Troisième partie : *L'être face à l'étant*	65
(L'impossibilité d'un) épilogue	97
Sources	103

DU MÊME AUTEUR

Aux Éditions Book on Demand

Les femmes, le sexe, le non-être et la fuite du monde (2015)
À quia (2017)
Cosmogonie (2017)

Version définitive revue et corrigée par l'auteur.
Tous droits de traduction, de reproduction et d'adaptation réservés pour tous les pays.
© Pierre Alcopa – 2018
Éditeur : BoD-Books on Demands,
12/14 rond-point des Champs Elysées,
75008 Paris, France.

Impression: BoD-Books on Demands
Norderstedt Allemagne
ISBN:978-2-322-10813-8
Dépôt légal: décembre 2018